Dostoiévski

UMA ANEDOTA INFAME

Tradução de POLYANA RAMOS

www.lpm.com.br

L&PM POCKET

COLEÇÃO 96 PÁGINAS

Coleção L&PM POCKET, vol. 1253

Texto de acordo com a nova ortografia.

Título original: *Skvernyi anekdot*

Primeira edição na Coleção L&PM POCKET: julho de 2017

Tradução: Polyana Ramos
Capa: Ivan Pinheiro Machado
Preparação: Jó Saldanha
Revisão: L&PM Editores

CIP-Brasil. Catalogação na publicação
Sindicato Nacional dos Editores de livros, RJ

D762a

    Dostoiévski, Fiódor, 1821-1881
      Uma anedota infame / Fiódor Dostoiévski; tradução Polyana Ramos. – Porto Alegre [RS]: L&PM, 2017.
      96 p. ; 18 cm.   (Coleção L&PM POCKET; v. 1253)

      Tradução de: Skvernyi anekdot
      ISBN 978-85-254-3631-3

      1. Ficção russa. I. Ramos, Polyana. II. Título. III. Série.

17-42825   CDD: 891.73
                                CDU: 821.161.1-3

© da tradução, L&PM Editores, 2016

Todos os direitos desta edição reservados a L&PM Editores
Rua Comendador Coruja, 314, loja 9 – Floresta – 90220-180
Porto Alegre – RS – Brasil / Fone: 51.3225.5777
PEDIDOS & DEPTO. COMERCIAL: vendas@lpm.com.br
FALE CONOSCO: info@lpm.com.br
www.lpm.com.br

Impresso na Gráfica e Editora Pallotti, Santa Maria, RS, Brasil
Inverno de 2017

UMA ANEDOTA INFAME

Esta anedota infame aconteceu precisamente naquela época em que teve início, com tão irreprimível força e com ímpeto tão comovidamente ingênuo, a regeneração da nossa querida pátria e a aspiração de todos os seus valorosos filhos a novos destinos e esperanças. Então, certo inverno, em uma noite fria e clara, aliás, já passando das onze, três homens extraordinariamente respeitáveis estavam sentados em um confortável aposento decorado, até com luxo, em uma bela casa de dois andares na Peterbúrgskaia*, e ocupavam-se de uma conversa sólida e excelente sobre um tema muito curioso. Esses três homens portavam o grau de general. Achavam-se em volta de uma mesinha, cada um em uma poltrona bela e macia, e em meio à conversação bebericavam silenciosa e confortavelmente um champanhe. A garrafa permanecia nessa mesma mesinha em um balde de prata com gelo. O caso é que o anfitrião, o conselheiro privado** Stiepan Nikíforovitch Nikíforov, um velho solteirão de sessenta e cinco anos, comemorava a mudança para a recém-comprada casa e, aproveitando a ocasião, também o dia de seu

---

* *Peterbúrgskaia storoná*: a parte mais antiga de São Petersburgo, muito distante do centro. (N.T.)

** Título civil de 3ª classe do sistema de graus e privilégios em vigor na Rússia de 1722 a 1917. Um conselheiro privado também podia ser chamado pelo título militar de classe correspondente, ou seja, general. (N.T.)

aniversário, que caíra na mesma época, e que ele até agora nunca havia comemorado. Aliás, a comemoração não era grande coisa; como já vimos, havia apenas dois convidados, ambos antigos colegas de serviço do sr. Nikíforov e seus antigos subordinados, a saber: o conselheiro civil efetivo* Simión Ivánovitch Chipuliénko e, o outro, o também conselheiro civil efetivo Ivan Ilítch Pralínski. Eles chegaram às nove horas, tomaram chá, passaram depois para o vinho e sabiam que exatamente às onze e meia precisariam ir embora para casa. O anfitrião sempre amara a regularidade. Um pouco sobre ele: começou a carreira como um pequeno funcionário público sem posses, carregou o fardo calmamente por quarenta e cinco anos seguidos, sabia muito bem até onde chegaria no serviço público, não suportava que ainda houvesse estrelas no céu a agarrar, apesar de já ter duas delas**, e não gostava sobretudo de fazer qualquer comentário sobre suas opiniões pessoais. Ele era um homem honrado, quer dizer, não lhe ocorrera fazer qualquer coisa que fosse particularmente desonesta; era solteiro, pois era egoísta; estava longe de ser estúpido, mas não suportava revelar a própria inteligência; sobretudo não gostava do desmazelo e do entusiasmo, considerando este um desmazelo de ordem moral, e ao final de sua vida afundara-se

---

* Título civil de 4ª classe. Inferior ao título de Conselheiro Privado, um conselheiro civil efetivo podia ser chamado pelo título militar de igual classe, ou seja, general. (N.T.)

** Condecorações recebidas durante a carreira. (N.T.)

por completo em uma espécie de conforto suave, ocioso, e em uma solidão sistemática. Apesar de visitar às vezes a casa de gente da melhor estirpe, desde a juventude já não suportava receber pessoas em sua casa e, nos últimos tempos, se não estivesse jogando *grand-patience*, contentava-se com a companhia de seu relógio de mesa e durante a noite toda escutava de modo imperturbável, cochilando na poltrona, o tique-taque da redoma de vidro sobre a lareira. Na aparência, ele era excessivamente decente e barbeado, parecia anos mais jovem, era bem conservado, prometia viver ainda por muito tempo e comportava-se com o mais rigoroso cavalheirismo. Seu cargo era bastante confortável: participava de alguma reunião por aí e assinava alguma coisa. Em suma, consideravam-no o mais magnífico homem. Ele tinha uma única paixão ou, melhor dizendo, um único desejo ardente: ter sua própria casa, e não uma casa apenas sólida, mas precisamente uma casa da fidalguia. O desejo enfim se realizou: ele escolheu e comprou uma casa na Peterbúrgskaia, longe, é verdade, mas uma casa com um jardim e, ainda por cima, uma casa elegante. O novo proprietário raciocinava que quanto mais longe melhor: ele não gostava de receber e, para visitar alguém ou ir ao trabalho, tinha uma excelente carruagem de cor chocolate com dois lugares, o cocheiro Mikhail e dois pequenos, mas fortes e belos, cavalos. Tudo foi adquirido em quarenta anos de esforços de uma vagarosa economia, portanto o coração se regozijava. Eis por que, tendo comprado a casa e se transferido para ela, Stiepan Nikíforovitch experimentou em seu calmo coração tamanha satisfação que até chamou convidados para seu aniversário, que ele antes cuidadosamente escondia dos conhecidos mais próximos. Tinha até intenções especiais para um dos visitantes. Ele mesmo ocupava o andar de cima da casa, ao passo que o de baixo, construído e instalado exatamente como aquele, precisava de um inquilino. Stiepan Nikíforovitch estava contando com Simión Ivánovitch Chipuliénko e naquela noite até conduzira a conversa duas vezes para aquele tema. Mas Simión Ivánovitch esquivava-se do assunto. Este era também um homem que durante muito tempo e com dificuldade se esforçara para fazer seu próprio caminho, com suíças e cabelos negros, e com um permanente matiz bilioso em sua fisionomia. Era casado, um homem caseiro carrancudo, mantinha a família sob seu jugo, trabalhava com orgulho no serviço público, também sabia exatamente até onde iria chegar e, ainda melhor, aonde nunca chegaria: ocupava um cargo bom e ocupava com todo o empenho. Embora não sem amargura, assistia ao surgimento das novas reformas*, mas sobretudo não se alarmava: ele estava muito seguro de si e, com uma maldade zombeteira, escutava Ivan Ilítch Pralínski discorrer sobre

---

* Reformas radicais da década de 1860, conhecida como uma grande era de reformas na Rússia; incluíam a emancipação dos servos. (N.T.)

os novos temas. Aliás, todos eles de certa forma haviam bebido um pouco além da conta, portanto até o próprio Stiepan Nikíforovitch deixou-se levar pelo sr. Pralínski e entrou com ele em uma rápida discussão sobre as novas reformas. Ainda algumas palavras sobre Sua Excelência o sr. Pralínski, tanto mais porque ele é o herói da narrativa que está por vir.

O conselheiro civil efetivo Ivan Ilítch Pralínski, chamado havia apenas quatro meses de Sua Excelência, era, numa palavra, um jovem general. Ainda jovem na idade, pelo visto não mais que quarenta e três anos, parecia na fisionomia até mais jovem e gostava de parecê-lo. Era um homem bonito, de estatura elevada, ostentava um traje e uma solidez requintados, carregava com grande maestria uma condecoração importante no pescoço, sabia desde a infância assimilar alguns hábitos aristocráticos e, sendo um homem solteiro, sonhava com uma noiva rica e até mesmo aristocrática. Ele ainda sonhava com muita coisa, embora estivesse longe de ser um tolo. Por vezes era um grande tagarela e até apreciava adotar atitudes parlamentares. Provinha de uma boa família, era filho de general e um boa-vida, na tenra infância andava de veludo e cambraia, recebeu educação em uma instituição aristocrática e, embora não tenha tirado dela grande conhecimento, obteve êxito no serviço público e alcançou o posto de general. Os superiores consideravam-no um homem capaz e até depositavam nele algumas esperanças. Stiepan Nikíforovitch, sob cujo comando esteve durante toda sua carreira no serviço público até quase o momento em que se tornou general, nunca o considerou um homem muito experiente e nunca depositou nele esperanças de qualquer tipo. Mas lhe agradava o fato de ele vir de uma boa família, ter uma fortuna, ou seja, uma grande propriedade importante com administrador, ser parente de pessoas nada desimportantes e, além disso, gozar de um bom aspecto. No íntimo Stiepan Nikíforovitch blasfemava-o pelo excesso de imaginação e leviandade. O próprio Ivan Ilítch sentia às vezes que tinha amor-próprio em demasia e que era até melindroso. Coisa estranha: por vezes apoderavam-se dele acessos de um escrúpulo doentio e até um leve arrependimento por alguma coisa. Com amargura e com uma misteriosa farpa na alma, dava-se conta às vezes de que não voava tão alto quanto lhe parecia, em absoluto. Nesses minutos chegava a cair em uma espécie de desânimo, sobretudo quando lhe atacavam as hemorroidas, então chamava sua própria vida de *une existence manquée**, deixava de acreditar, evidentemente em seu íntimo, até em suas aptidões parlamentares, chamando a si mesmo de *parleur*, *fraseur***, e, apesar de tudo isso, é claro, dizer muito sobre sua honra, de forma alguma o impedia de, em meia hora, levantar novamente a cabeça e de modo tão mais obstinado, tão mais insolente,

---

* Uma existência malograda. Em francês no original. (N.T.)
** Falador, fanfarrão. (N.T.)

animar-se e convencer-se de que ainda conseguiria se distinguir, e não apenas se tornando um dignitário, mas até um estadista, de quem por muito tempo a Rússia se recordaria. Às vezes entrevia até monumentos. A partir disso, é evidente que Ivan Ilítch pensava alto, embora, até com certo horror, escondesse profundamente no íntimo suas esperanças e seus sonhos vagos. Em suma, era um bom homem e até um poeta na alma. Nos últimos anos os minutos doentios de desilusão começaram a tomar conta dele com mais frequência. Tornou-se não se sabe como particularmente irritadiço, desconfiado, disposto a considerar qualquer objeção como um ultraje pessoal. Mas, ao renovar-se, a Rússia ofereceu-lhe de súbito grandes esperanças. A promoção ao grau de general veio a completá-las. Ele levantou a cabeça, recobrou o ânimo. De repente começou a falar muito e com eloquência, a falar sobre os mais novos temas, que assimilou de modo inesperado e extraordinariamente rápido, ao ponto do arrebatamento. Buscava oportunidades para falar, viajava pela cidade e em muitos lugares ganhou a fama de liberal arrojado, coisa que muito o lisonjeava. Naquela noite, tendo bebido quatro taças, sentia-se especialmente à vontade. E quis convencer Stiepan Nikíforovitch, a quem antes disso não via há muito e a quem até então sempre respeitara e até escutara, a mudar de opinião sobre tudo. Por alguma razão, julgava-o um retrógrado e lançou-se sobre ele com um entusiasmo extraordinário. Stiepan Nikíforovitch quase não retrucava, apenas escutava maliciosamente, embora o tema o interessasse. Ivan Ilítch excitava-se e, no calor da discussão imaginária, degustava sua taça de bebida com mais frequência do que deveria. Então Stiepan Nikíforovitch tomava a garrafa e de imediato enchia a sua taça, o que, não se sabe a razão, passou subitamente a ofender Ivan Ilítch, tanto mais que Simión Ivánitch* Chipuliénko, a quem ele de modo particular desprezava e, acima de tudo, até temia por seu cinismo e sua malícia, permanecia de lado traiçoeiramente calado e sorria com mais frequência do que deveria. "Eles, ao que parece, me tomam por um garotinho", passou pela mente de Ivan Ilítch.

– Não, senhor, é hora, já era hora faz tempo – continuou ele com paixão –, demoramos demais, senhor, e, a meu ver, a humanidade vem em primeiro lugar, a humanidade para com os subordinados, lembrando que eles são, sim, pessoas. A humanidade a tudo salva e a tudo resgata...

– Hi, hi, hi, hi! – pareceu ouvir-se do lado de Simión Ivánovitch.

– Ora, então, por que é que está ralhando tanto conosco? – replicou por fim Stiepan Nikíforovitch, sorrindo amavelmente. – Confesso, Ivan Ilítch, que até agora não consegui entender o que deseja explicar. O senhor prega a humanidade. Será que não quer dizer humanitarismo?

– Ora, que seja humanitarismo. Eu...

---

* Ivánitch: contração do patronímico Ivánovitch. Esse tipo de contração é bastante comum no discurso coloquial. (N.T.)

— Perdão, senhor. Tanto quanto posso julgar, esse não é o único problema. O humanitarismo sempre se fez necessário. Então a reforma não se restringe a isso. Foram levantadas questões sobre os camponeses, questões judiciárias, econômicas, sobre o *ótkup**, questões morais e... e... e não há conclusão para elas, essas perguntas, e tudo ao mesmo tempo, tudo pode num instante dar lugar a grandes, por assim dizer, instabilidades. De forma que receamos isso, e não apenas a humanidade...

— Pois é, senhor, o assunto é mais profundo – observou Simión Ivánovitch.

— Eu compreendo muito bem, e perdoe-me por observar, Simión Ivánovitch, que não concordo em absoluto em ficar para trás do senhor quanto à profundidade de compreensão das coisas – notou causticamente e com rispidez excessiva Ivan Ilítch –, no entanto, apesar de tudo, permita-me a audácia de observar que o senhor, Stiepan Nikíforovitch, também não me compreendeu em absoluto.

— Não compreendi.

— Entretanto, sustento e comunico aos quatro ventos exatamente a ideia de que a humanidade, e de modo preciso a humanidade para com os subordinados, do funcionário público ao escrivão, do escrivão ao servo, do servo ao mujique, a humanidade, digo, pode servir, por assim dizer, como pedra angular da reforma que se aproxima

---

* *Ótkup*: coleta de impostos abolida em 1863. (N.T.)

e pode servir de um modo geral ao renascimento das coisas. Por quê? Porque sim. Considere o silogismo: eu sou humano, consequentemente, sou amado. Sou amado, portanto, confiam em mim. Confiam em mim, portanto, acreditam; acreditam, portanto, amam... ou seja, não, eu quero dizer, se acreditam, então hão de crer na reforma, compreenderão, por assim dizer, o âmago da questão, por assim dizer, hão de se abraçar moralmente e resolverão a fundo tudo, de maneira amistosa. De que está rindo, Simión Ivánovitch? Está tão difícil de entender?

Sem nada dizer, Stiepan Nikíforovitch ergueu as sobrancelhas; estava surpreso.

– Acho que bebi um pouco demais – observou venenosamente Simión Ivánitch –, e é por isso que está difícil compreender. Estou com alguma espécie de perturbação mental, senhor.

Ivan Ilítch estremeceu.

– Não suportaremos – disse de repente Stiepan Nikíforovitch, após uma ligeira reflexão.

– Como assim "não suportaremos"? – indagou Ivan Ilítch, admirando-se com a brusca e desconexa observação de Stiepan Nikíforovitch.

– É isso, não suportaremos – Stiepan Nikíforovitch evidentemente não queria se estender.

– Será que o senhor está falando de novos vinhos em novas garrafas? – objetou de modo irônico Ivan Ilítch. – Ora, não, senhor; eu posso responder por mim.

Naquele momento o relógio deu onze e meia.

– Dar no pé, que tempo é – disse Simión Ivánitch, preparando-se para se levantar do lugar. Mas Ivan Ilítch se antecipou, imediatamente levantando-se do outro lado da mesa, e pegou de cima da lareira seu gorro de zibelina. Parecia ofendido.

– E então, Simión Ivánitch, vai pensar? – perguntou Stiepan Nikíforovitch, acompanhando o convidado.

– Sobre o apartamento? Vou pensar, vou pensar, senhor.

– Então, avise-me o quanto antes o que decidir.

– Estão ainda falando sobre negócios? – observou amavelmente o sr. Pralínski com certo servilismo, brincando com seu gorro. Pareciam ter se esquecido dele.

Stiepan Nikíforovitch ergueu as sobrancelhas e se calou, como sinal de que não reteria mais os visitantes. Simión Ivánitch despediu-se às pressas.

"Pois... ora... depois dessa, como quiserem... se os senhores não compreendem uma mera gentileza...", decidiu no íntimo o sr. Pralínski e com particular desprendimento estendeu a mão a Stiepan Nikíforovitch.

Na antessala, Ivan Ilítch agasalhou-se com seu leve e precioso casaco de pele, empenhando-se para ignorar o surrado casaco de pele de guaxinim de Simión Ivánitch, e ambos se puseram a descer as escadas.

— Nosso velho amigo pareceu ofendido — disse Ivan Ilítch ao silencioso Simión Ivánitch.

— Não creio, por quê? — respondeu o outro calma e friamente.

"Lacaio!", pensou com seus botões Ivan Ilítch.

Saíram ao terraço de entrada; foi entregue a Simión Ivánitch seu trenó, com potros cinzentos e desajeitados.

— Que diabo! Onde foi que Trifón meteu a minha carruagem? — exclamou Ivan Ilítch ao não encontrar seu transporte.

Sem sinal da carruagem nem cá nem lá. O criado de Stiepan Nikíforovitch não fazia ideia de onde ela poderia estar. Varlám, o cocheiro de Simión Ivánitch, disse que Trifón estivera lá o tempo todo, e a carruagem também, mas naquele momento não estava mais.

— Uma anedota infame! — disse o sr. Chipuliénko. — Quer que eu o leve para casa?

— Que gente desprezível! — gritou com fúria o sr. Pralínski. — O patife me pediu licença para ir a um casamento, aqui mesmo na Peterbúrgskaia, certa comadre iria se casar, que o diabo a carregue. Eu o proibi categoricamente de se ausentar. E aposto que ele foi para lá!

— Realmente — observou Varlám — ele foi para lá, senhor; e prometeu dar um jeito de voltar em um minuto, ou seja, de estar aqui a tempo.

— Ora essa! Eu já previa. Eu vou lhe dar o troco!

— O melhor seria se o senhor o mandasse a uma repartição policial para que lhe dessem umas boas chicotadas, pois assim ele cumpriria as ordens – disse Simión Ivánitch, já se cobrindo com a manta.

– Faça o favor de não se preocupar, Simión Ivánitch!

– Então não quer que eu o leve?

– Boa viagem, *merci*.

Simión Ivánitch partiu, e Ivan Ilítch saiu a pé pela calçada de madeira, sentindo-se fortemente irritado.

***

"Não, agora você vai levar o troco, trapaceiro! Vou para casa a pé de propósito, para você sofrer, para você se apavorar! Ele vai voltar e ficar sabendo que o patrão foi a pé... canalha!"

Ivan Ilítch nunca praguejara tanto, mas estava muito furioso, e ainda por cima sua cabeça zunia. Era um homem que não costumava beber, e por isso as cinco ou seis taças logo fizeram efeito. Mas a noite estava encantadora. Fria, mas extraordinariamente silenciosa, e não ventava. O céu estava claro, estrelado. A lua cheia banhava a terra com um brilho prateado opaco. Estava tão agradável que Ivan Ilítch, tendo percorrido cinquenta passos, quase se esqueceu de sua desgraça. Tudo se lhe tornava especialmente aprazível. Quando um tanto embriagadas, as pessoas mudam rapidamente de opinião. Ele começou a apreciar até mesmo os desajeitados casebres de madeira daquela rua deserta.

"Mas que agradável ter vindo a pé", pensava no íntimo, "e o que é uma lição para Trifón é para mim um prazer. É verdade, é preciso andar a pé com mais frequência. Qual é o problema? Na Avenida Bolchói vou procurar de imediato um cocheiro. Que noite gloriosa! Quantos casebres há por aqui! Aqui provavelmente vive uma gentinha, funcionários públicos... comerciantes, talvez... este Stiepan Nikíforovitch! E como eles são todos uns retrógrados, velhos simplórios! Precisamente simplórios, *c'est le mot**. Pensando bem, ele é um homem inteligente; tem aquele *bon sens*, uma compreensão ajuizada, prática das coisas. Mas, em compensação, são velhos, velhos! Faltava algo... como é mesmo que se chama? Pois faltava algo... 'Não suportaremos!' O que ele queria dizer com isso? Até ficou pensativo enquanto falava. Ele, aliás, não me entendeu em absoluto. E como não entender? É mais difícil não compreender do que compreender. O essencial é que estou convencido, convencido de toda a alma. Humanidade... humanitarismo. Restituir o homem a si próprio... regenerar-lhe a dignidade pessoal e então... com o material pronto, prosseguir com a causa. Está claro, ao que parece! Sim, senhor! Agora permita-me, Vossa Excelência, considerar o silogismo: nós encontramos, por exemplo, um funcionário, um funcionário pobre, oprimido. 'Bem... quem é você?' A resposta: 'Um funcionário'. Ótimo, um funcionário; mais adiante: 'Que tipo de

---

* "Este é o termo correto". Em francês no original. (N.T.)

funcionário você é?' A resposta: 'funcionário-tal e tal', ele diz. 'Trabalha no serviço público?' 'Trabalho!' 'Quer ser feliz?' 'Quero.' 'O que é necessário para a felicidade?' 'Isto e aquilo.' 'Por quê?' 'Porque...' E então o homem me compreende em poucas palavras: o homem é meu, o homem caiu, por assim dizer, na rede, e eu faço com ele tudo o que quero, ou seja, para o bem dele. Que homem infame esse Simión Ivánitch! E que focinho infame ele tem... 'Mande-o a uma repartição policial para que lhe deem umas boas chicotadas', e ele falou isso de propósito. Não, mentira, dê-lhe umas chicotadas você mesmo, eu é que não faço isso; vou cansar Trifón com a palavra, vou cansá-lo com a repreensão, assim ele irá sentir. Sobre a chibata, hum... questão em suspenso, hum... Será que vou me encontrar com Émeraude*?"

– Arre, com os diabos, ponte maldita! – ele deu um grito, ao tropeçar subitamente.

"E esta é a capital! Iluminismo! Desse jeito é possível quebrar uma perna. Hum. Odeio esse Simión Ivánitch; que focinho mais desprezível. Ficou rindo agora há pouco quando eu disse: 'hão de se abraçar moralmente'. Pois hão de se abraçar, o que você tem a ver com isso? Não vou abraçar você; antes fosse um mujique... Vou cruzar com um mujique, e com um mujique conversarei.

---

* Nome que aparece, segundo o escritor Aleksei Mikhailovitch Remizov (1877-1957), em alguns textos russos do século XIX em referência a prostitutas estrangeiras, de preferência francesas ou polonesas. (N.T.)

Além do mais, eu estava bêbado e talvez nem tenha me expressado bem. E pode ser que nem mesmo agora eu esteja me expressando bem... Hum. Nunca mais vou beber. À noite a gente matraqueia e no dia seguinte lamenta. Pois bem, mas eu não estou cambaleando, estou andando... E, além do mais, todos eles são uns vigaristas!"

Assim raciocinava Ivan Ilítch, de modo fragmentário e desconexo, continuando a caminhar pela calçada. Fez-lhe efeito o ar fresco, que, por assim dizer, reavivou-o. Dentro de cinco minutos se acalmaria e desejaria dormir. Mas de repente, a quase dois passos da Avenida Bolchói, pareceu-lhe ouvir uma música. Olhou ao redor. No outro lado da rua, em uma casa de madeira muito decrépita, que, mesmo grande, possuía um só andar, acontecia um grande banquete, os violinos tangiam, rangia o contrabaixo, e a flauta, estridente, espalhava uma alegre peça de quadrilha. O público, em sua maioria mulheres em casacos acolchoados e lenços na cabeça, permanecia sob a janela; elas se esforçavam ao máximo para enxergar algo por entre as frestas da veneziana. Estava aparentemente divertido. O ruído surdo do tropel que vinha da dança alcançava o outro lado da rua. Ivan Ilítch notou não muito longe de si um policial e aproximou-se dele.

– Irmão, de quem é esta casa? – perguntou, abrindo um pouco seu precioso casaco de pele, apenas o suficiente para que o policial pudesse notar a distinta condecoração em seu pescoço.

— Do funcionário público Pseldonímov, um registrador* – respondeu, aprumando-se, o policial, que conseguira num relance enxergar a distinção.

— De Pseldonímov? Vejam só! Pseldonímov!... E o que ele está fazendo? Está se casando?

— Sim, Vossa Senhoria**, com a filha de um conselheiro titular. Mlekopitáiev, conselheiro titular... ele servia na câmara. Esta casa vem com a noiva dele, senhor.

— Então agora esta casa já é de Pseldonímov, e não de Mlekopitáiev?

— É de Pseldonímov, Vossa Senhoria. Era de Mlekopitáiev, mas agora é de Pseldonímov.

— Hum. Pergunto isso, irmão, pois sou superior dele. Sou general exatamente do mesmo lugar em que Pseldonímov trabalha.

— Exatamente isso, Vossa Excelência.

O policial retesou-se definitivamente, mas Ivan Ilítch ficou pensativo. Ele permanecia lá e refletia...

Sim, de fato Pseldonímov era de seu departamento, do mesmo escritório; ele se lembrava disso. Tratava-se de um pequeno funcionário público, com vencimento de dez rublos ao mês. Como o sr. Pralínski assumira o escritório há pouco

---

* Título civil mais baixo (14ª classe) do sistema de graus e privilégios então em vigor na Rússia. (N.T.)

** O policial confunde a denominação correspondente a um conselheiro civil efetivo com a de um conselheiro civil. Em lugar de chamar Ivan Ilítch de Vossa Excelência, chama-o de Vossa Senhoria rebaixando-o. (N.T.)

tempo, então poderia não se lembrar muito detalhadamente de todos os seus subordinados, mas de Pseldonímov ele lembrava, precisamente por causa do sobrenome. Este lhe chamou a atenção já de primeira, portanto desde então demonstrara curiosidade em dar uma olhada mais de perto no detentor de tal sobrenome. Veio-lhe à memória ainda naquele momento um homem muito jovem, com um longo nariz adunco, com cabelos de um louro desbotado em tufos, magro e mal alimentado, que vestia um uniforme em estado intolerável e com outras características intoleráveis e indescritíveis que beiravam a indecência. Ele então se lembrou de que lhe passara pela cabeça: será que não deveria destinar ao pobre homem uma dezena de rublos para as festas, para algum conserto? Mas como o rosto desse pobre homem era abatido demais, ao passo que o olhar era excessivamente antipático, causando até aversão, aquela generosa ideia de certa forma se evaporara, portanto Pseldonímov ficou sem a bonificação. Tanto maior foi seu espanto quando o próprio Pseldonímov fez a solicitação de casamento há não mais que uma semana. Ivan Ilítch se lembrava de que não tivera de certa forma tempo para se ocupar desse caso mais detalhadamente, portanto o assunto do casamento foi resolvido um tanto às pressas. Mas apesar de tudo ele se recordava com exatidão de que pela noiva Pseldonímov levava uma casa de madeira e quatrocentos rublos em dinheiro limpo; essa circunstância o surpreendera; lembrou-se de que até gracejara de leve sobre o choque entre os sobrenomes Pseldonímov e Mlekopitáiev. Ele se recordava de tudo claramente.

Quanto mais relembrava, mais refletia. Sabe-se que raciocínios inteiros se originam às vezes instantaneamente em nossas mentes, na forma de certas sensações, sem a tradução para a língua dos homens, muito menos para a literária. Mas nos esforçaremos para traduzir todas as sensações de nosso herói, para apresentar ao leitor ainda que apenas a essência dessas sensações, por assim dizer, o que lhes era mais necessário e verossímil. Porque, de fato, muitas de nossas sensações, quando traduzidas para a língua comum, parecem completamente improváveis. Eis por que elas nunca vêm à tona, ainda que qualquer um as tenha. É claro que as sensações e pensamentos de Ivan Ilítch eram um pouco incoerentes. Mas os senhores sabem o motivo.

"Pois bem!", passou-lhe pela cabeça, "Falamos, tudo o que fazemos é falar, mas, quando vamos direto ao ponto, nada sai do lugar. Vejamos aí um exemplo, que seria o próprio Pseldonímov: ele acabou de vir da igreja, agitado, na expectativa, à espera do momento de experimentar... Este é um dos dias mais bem-aventurados de sua vida... Agora ele farreia com os convidados, encomenda um banquete: simples, pobre, mas alegre, radiante, sincero... E se ele percebesse que neste exato momento eu, eu, seu superior, seu superior principal, estou aqui mesmo em sua casa e escuto sua música! O que ele faria de fato? Não: o que ele faria se eu agora de repente resolvesse entrar? Hum, sem dúvida, primeiramente se assustaria, emudeceria de perplexidade. Eu atrapalharia, estragaria tudo, talvez,... Sim, isso aconteceria se entrasse qualquer outro general, mas não eu... Aí é que está a coisa, qualquer um, só que não eu...

"Sim, Stiepan Nikíforovitch! Veja que o senhor não estava me entendendo agora há pouco, e aí está um exemplo pronto.

"Sim, senhor. Nós todos bradamos sobre a humanidade, mas, falando em heroísmo, nós não somos capazes de grandes feitos.

"Que tipo de heroísmo? Como este. Vamos raciocinar: considerando as relações atuais entre todos os membros da sociedade, a minha vinda aqui, a minha vinda aqui, na noite de casamento do meu subordinado, um registrador, ordenado de dez rublos ao mês, ora, é um fato admirável, um redemoinho de ideias, o último dia de Pompeia, um verdadeiro caos! Ninguém compreenderá. Stiepan Nikíforovitch morrerá e não compreenderá. Pois então ele disse: 'não suportaremos'. Sim, mas isso é com os senhores, uma gente velha, paralisada e estagnada, mas eu suportarei! Eu transformarei o último dia de Pompeia no dia mais doce para o meu subordinado, e um ato selvagem em um ato normal, patriarcal, sublime e moral. Como? Assim. Prestemos atenção...

"Bem... então, suponhamos, eu entro: eles ficam admirados, interrompem a dança, olham assustados, recuam. Isso, senhor, mas é aí que eu me manifesto: vou diretamente ao apavorado Pseldonímov e, com o mais carinhoso dos sorrisos, com as palavras mais simples, digo: 'De todo jeito', digo, 'estive na casa de Sua Excelência Stiepan Nikíforovitch. Suponho que saiba que ele mora por aqui, na vizinhança...'. Bem, de forma leve, divertida, conto a aventura com Trifón. De Trifón, passo para como vim a pé... 'Aí, ouço uma música, com curiosidade fico sabendo pelo policial que você estava se casando, irmão. Que tal, penso, entrar na casa do meu subordinado para olhar como os meus funcionários se divertem e... como se casam. Só espero que não me mande embora!' Vai mandar? Que tal essa palavrinha para um subordinado?! Ao diabo se me mandar embora! Eu acho que ele vai ficar louco, vai lançar-se com mil rapapés para me meter na poltrona, vai tremer de admiração, nem mesmo vai compreender de início!...

"Ora, o que pode ser mais simples, mais gracioso do que tal ação! Entrei para quê? Esta é outra pergunta! Isto já é, por assim dizer, o lado moral da coisa. Eis aqui o sumo!

"Hum... Era sobre isso mesmo que eu estava pensando? Sim!

"Bem, então, é claro, eles me farão sentar com os convidados mais importantes, aqui certo titular, ali um parente, um capitão de estado-maior reformado e com o nariz avermelhado... Gogol descreveu esses tipos originais gloriosamente.

Então travo conhecimento, certamente, com a noiva, a elogio, animo os convidados. Peço-lhes para não se constrangerem, para se divertirem, continuarem a dança, gracejo, rio, em suma: sou amável e encantador. Eu sempre sou amável e encantador quando estou satisfeito comigo mesmo... Hum... aí é que está a coisa, eu ainda, ao que parece, estou um pouco... quer dizer, não estou bêbado, mas assim...

"...Certamente, como cavalheiro, eu estou em pé de igualdade e em absoluto exijo grandes deferências. Mas, moralmente, moralmente a coisa muda de figura: eles tentarão entender e apreciar... Meu ato há de lhes suscitar toda a grandeza... Aí eu me sento por uma meia hora... até por uma hora. Saio, certamente, antes do jantar, e eles ficarão exaustos de tantos cuidados, assando alguma coisa aqui, fritando outra ali, farão uma profunda reverência, mas eu apenas beberico uma taça, cumprimento, mas declino do jantar. Digo: negócios. E porque digo apenas "negócios", todos de imediato põem-se respeitosamente em um semblante severo. Eu lhes recordo com delicadeza que, sim, entre eles e eu há uma diferença, senhores. Como o céu e a terra. Não que eu queira lhes convencer disso, mas é preciso... é até indispensável no sentido moral, falem o que quiserem. Aliás, eu logo sorrio, até me divirto, talvez, e num piscar de olhos todos ficam animados. Faço mais um gracejo para a noiva; hum... até faço alusão de que virei de novo dentro de exatos nove meses na qualidade de padrinho, he he! Já que, provavelmente, ela dará à luz nesta época. Pois eles se proliferam como coelhos. E então todos soltam gargalhadas, e a noiva enrubesce; com toda a emoção eu a beijo na testa, até a abençoo e... e amanhã no escritório o meu feito já é célebre. Amanhã eu sou novamente rigoroso, amanhã sou novamente punitivo, até implacável, mas todos eles já me conhecem. Conhecem a minha alma, conhecem a minha essência: 'Ele é rigoroso como superior, mas, como homem, que anjo!' E então triunfarei; eu os captei com uma única pequena ação que nunca lhes passou pela cabeça; eles já são meus; eu sou o pai, eles, os filhos... Agora, pois, vamos, Vossa Excelência Stiepan Nikíforovitch, tente fazer algo assim...

"...E será que os senhores sabem, será que compreendem que Pseldonímov irá contar aos seus filhos que o próprio general banqueteou-se e até bebeu em seu casamento? Pois então esses filhos terão filhos, e até a seus netos vão contar como a mais sagrada anedota que o dignitário, o estadista (pois é o que serei nessa época) os honrou... e assim por diante. E então elevarei o humilhado moralmente, eu mesmo o recuperarei... Pois ele recebe um vencimento de dez rublos ao mês! Mas se eu repetir isso ou qualquer coisa do gênero cinco ou dez vezes, granjearei popularidade em todas as partes... Estarei estampado em todos os corações, e então só o diabo sabe o que pode advir disso, dessa popularidade!..."

Assim, ou quase assim, raciocinava Ivan Ilítch (senhores, já se sabe que o homem fala às vezes para si mesmo, ainda mais quando está em um estado um tanto excêntrico). Todas essas reflexões voaram em sua mente por menos de meio minuto, e, é claro, talvez ele pudesse se contentar com esses pequenos devaneios e, tendo envergonhado mentalmente a Stiepan Nikíforovitch, com tranquilidade partiria para casa e com tranquilidade dormiria. E como teria sido glorioso! Mas toda a desgraça instaurava-se no fato de que aquele era um minuto excêntrico.

Como que de propósito, de repente, naquele mesmo instante em sua criativa imaginação se lhe desenharam os rostos todos cheios de si de Stiepan Nikíforovitch e Simión Ivánovitch.

"– Não suportaremos! – repetiu Stiepan Nikíforovitch, sorrindo com arrogância."

"– Hi-hi-hi! – ecoava para ele Simión Ivánovitch com seu sorriso asqueroso."

– Pois então veremos como é que não suportaremos! – disse de modo resoluto Ivan Ilítch, e até um ardor lançou-se em seu rosto. Ele saiu da calçada e em quarenta passos dirigiu-se diretamente pela rua para a casa de seu subordinado, o registrador Pseldonímov.

***

Sua estrela o arrastava. Com ânimo, ele entrou pela cancela aberta e com desprezo repeliu com a perna um pequeno vira-lata desgrenhado e rouco, que, mais por decoro do que por obrigação, latia atirando-se-lhe nas pernas. Do chão de madeira, ele alcançou um alpendre coberto que se sobressaía como uma guarita até o pátio, e pelos três degraus de madeira desgastada chegou a um minúsculo vestíbulo. Num canto ardia um toco de vela de sebo ou algo semelhante a uma luminária, mas isso não impediu Ivan Ilítch, que estava de galochas, de enfiar a perna esquerda em um prato de galantina que estava exposto para refrigerar. Ivan Ilítch curvou-se e, olhando com curiosidade, avistou que lá permaneciam ainda duas travessas com um tipo de geleia, e ainda duas fôrmas, evidentemente, de *blanc-manger*. O prato de galantina atropelado deixou-o constrangido, e no mesmo instante um pensamento atravessou-lhe a mente: será que não devo fugir? Mas ele considerou que isso não seria de bom-tom. Refletindo sobre a possibilidade de que ninguém ainda o avistara e que de modo algum suspeitariam dele, enxugou o mais depressa possível a galocha para ocultar todos os vestígios, tateou a porta revestida de feltro, abriu-a e encontrou-se em uma minúscula sala de entrada. Metade dela estava literalmente atulhada de capotes militares, casacos curtos de inverno, casacos e chapéus de senhora, echarpes e galochas. Na outra metade, estavam alojados os músicos: dois violinistas, um flautista e um contrabaixista, todos os quatro homens recrutados, certamente, na rua. Estavam sentados atrás de uma mesa de madeira gasta, onde havia uma única velinha de sebo, e arranhavam, com todas as forças, as notas da última figura da quadrilha. Da porta aberta para a sala era possível enxergar que os pares dançavam em meio a uma névoa de poeira, de fumaça de tabaco e de algo que queimava em algum lugar por ali. O ambiente era de certa forma de uma extraordinária alegria. Ouviam-se gargalhadas, clamores e gritinhos das damas. Os cavalheiros batiam os pés como um esquadrão de cavalos. Sobre toda essa algazarra soavam os comandos do mestre de cerimônias, provavelmente um homem desembaraçado em excesso, que andava com o traje desabotoado:

– Cavalheiros à frente, *chaîne de dames, balancez!** – etc. etc.

Com certa agitação, Ivan Ilítch tirou o casaco de pele e as galochas, e com o gorro na mão entrou no aposento. Aliás, ele já nem raciocinava...

No primeiro minuto ninguém o notou: todos dançavam o final da quadrilha. Ivan Ilítch permanecia como que aturdido e não conseguia enxergar nada direito naquela confusão. Os vestidos das damas e os cavalheiros com cigarrilhas entre os dentes correram diante de seus olhos... A echarpe azul-clara de certa dama passou como faísca e esbarrou em seu nariz. Por trás dela, um estudante de medicina voava como uma bala, em furioso êxtase, com os cabelos espalhados em turbilhão, trombando no caminho com Ivan com muita força. Surgiu diante de seus olhos, alto que

---

* "Fileira de damas, balançai!" (N.T.)

nem um poste, certo oficial do comando. Uma voz estridente gritou de maneira afetada, sobrevoando e marcando o compasso junto aos outros:

– Eia, eia, Pseldonímuchka!

Havia algo pegajoso sob os pés de Ivan Ilítch: o chão aparentemente fora lustrado com cera. No aposento, que, aliás, não era muito pequeno, havia mais de trinta convidados.

Mas, após um minuto, a quadrilha terminou, e quase no mesmo instante aconteceu exatamente o mesmo que se lhe apresentara a Ivan Ilítch quando ainda sonhava na calçada. Passou uma espécie de ruído surdo, algo como um sussurro extraordinário, pelos convidados e dançarinos que ainda não conseguiam recobrar as forças nem enxugar o suor do rosto. Todos os olhos, todos os rostos viraram-se rapidamente ao convidado recém-chegado. Então de imediato todos começaram a recuar e a se retirar lentamente. Aqueles que nada haviam percebido levavam puxões dos outros como que num chamado à razão; logo caíram em si e retiraram-se num zás com o restante. Ivan Ilítch ainda permanecia à porta, sem dar um passo à frente, e um espaço livre entre os convidados e ele se abria cada vez mais, no chão espalhados incontáveis papeizinhos de confeito, bilhetinhos e pontas de cigarro de boquilha. De repente nesse espaço destacou-se acanhadamente um jovem, uniformizado, com os cabelos loiros em tufos e com um nariz adunco. Ele deslocou-se mais à frente, curvando-se e olhando para o convidado inesperado do mesmíssimo jeito com que um cão olha para o dono que o chama para lhe dar um pontapé.

– Salve, Pseldonímov, está me reconhecendo?... – disse Ivan Ilítch, sentindo no mesmo instante que o dissera de forma terrivelmente desajeitada; sentiu também que, talvez, estivesse cometendo naquele minuto a mais terrível tolice.

– V-v-vossa Exce-lência!.. – murmurou Pseldonímov.

– Ora, pois aí está. Irmão, eu passei totalmente por acaso por aqui e como provavelmente você mesmo pode imaginar...

Mas Pseldonímov, é evidente, não podia imaginar nada. Ficou parado, esbugalhando os olhos com uma perplexidade pavorosa.

– Só espero que não me mande embora... Por bem ou por mal, receba um convidado!.. – continuou Ivan Ilítch, sentindo que se desconcertara ao ponto de se permitir uma fraqueza inconveniente, desejou sorrir, mas já não podia; é que o conto divertido sobre Stiepan Nikíforovitch e Trifón se apresentava cada vez mais impossível de ser narrado. Mas, como que de propósito, Pseldonímov não saía de seu estado petrificado e continuava a olhá-lo de forma completamente estupidificada. Ivan Ilítch estremeceu; sentia que em mais um único minuto como aquele aconteceria uma incrível confusão.

– Eu saio se estiver incomodando! – mal acabara de falar, e um nervo pôs-se a tremer no lado direito de sua boca.

Mas Pseldonímov já recobrara os sentidos.

– Vossa Excelência, perdoe-me, senhor... Uma honra – murmurava ele, saudando apressadamente. – Dê-me a honra de sentar-se um pouco, senhor... – E, já mais recomposto, apontava com ambas as mãos o divã, do qual a mesa fora afastada para as danças.

Ivan Ilítch descansou a alma e deixou-se cair no divã; alguém se precipitou no mesmo instante para trazer de volta a mesa. Ele passou os olhos em torno e percebeu que era a única pessoa sentada, enquanto todos os demais estavam de pé, até as damas. Mau sinal. Mas ainda não era tempo para histórias e palavras de incentivo. Todos os convidados ainda estavam afastados, e apenas Pseldonímov, que ainda não compreendia nada e estava longe de sorrir, continuava curvado diante dele. Era infame, para dizer o mínimo: neste minuto nosso herói se encontrava tomado por certa melancolia, pois sua invasão estilo Harun al--Rashid* à casa de seu subordinado, em prol dos princípios, poderia ter sido de fato considerada um grande feito. Mas de repente certa figura veio parar ao lado de Pseldonímov e pôs-se a se curvar. Ivan Ilítch imediatamente reconheceu, para seu indescritível prazer e até felicidade, o chefe de departamento de seu escritório, Akím Pietróvitch Zubíkov, de quem, embora, é claro, não era íntimo,

---

* Califa responsável por uma época de muitos avanços científicos e culturais. Segundo *As mil e uma noites*, tinha o costume de à noite caminhar incógnito por Bagdá. (N.T.)

mas a quem conhecia por conta do caráter prático e taciturno do funcionário público. Ele levantou-se no mesmo instante e estendeu a mão a Akím Pietróvitch, toda a mão, e não uns dois dedos. O outro o recebeu com ambas as palmas da mão e no mais profundo respeito. O general triunfou; tudo estava salvo.

E, de fato, agora Pseldonímov já era, por assim dizer, não o segundo, mas o terceiro rosto. Para dar prosseguimento ao plano de narrar sua história, ele poderia se dirigir diretamente ao chefe de departamento, tratando-o, se fosse necessário, como um conhecido e até íntimo, e enquanto isso Pseldonímov podia simplesmente permanecer calado, tremendo em reverência. De forma que o decoro era cumprido. E a história se fazia necessária; Ivan Ilítch assim sentia; via que todos esperavam por algo, já que em ambas as portas se apinhavam todos os convidados e moradores da casa, por pouco não amontoados uns sobre os outros só para vê-lo e ouvi-lo. O mais infame de tudo era que o chefe de departamento, em toda sua tolice, ainda não se sentara.

– Mas ora essa! – deixou escapar Ivan Ilítch, indicando desajeitadamente para ele um lugar a seu lado no divã.

– Perdoe-me, senhor... eu me sentarei aqui, senhor – e Akím Pietróvitch sentou-se rápido na cadeira que Pseldonímov, ainda obstinadamente de pé, lhe oferecera num zás.

– O senhor pode imaginar o que aconteceu – começou Ivan Ilítch, girando precisamente para Akím Pietróvitch com a voz um tanto trêmula, mas já com desembaraço. Ele até arrastava e separava as palavras, enfatizava as sílabas, a letra "a" era pronunciada como um "e", em suma, ele mesmo sentia e tinha a consciência de que se enchia de afetação, mas já não podia se conter; agia sobre si uma espécie de força externa. Com toda a dor e horror, ele tinha consciência disso naquele minuto. – O senhor pode imaginar?, acabei de vir da casa de Stiepan Nikíforovitch, talvez já tenha ouvido falar dele, um conselheiro privado. Ora... naquela comissão...

Akím Pietróvitch inclinou respeitosamente para frente todo o corpo como se dissesse: "Como não teria ouvido falar, senhor!".

– Ele é seu vizinho agora – continuou Ivan Ilítch, dirigindo-se a Pseldonímov, para decoro e desenvoltura, por um momento, mas desviando-se logo ao perceber que, aos olhos de Pseldonímov, aquilo não fazia de fato a menor diferença. – O velho, como o senhor sabe, sonhava a vida toda em comprar a própria casa... Então comprou. E a casa mais bonitinha! Sim... E hoje aconteceu de ser seu aniversário, coisa que ele antes nunca comemorava, e até escondia de nós, recusando-se por sovinice, he-he! Mas agora está tão contente com a nova casa que convidou a mim e a Simión Ivánovitch. Você sabe: Chipuliénko.

Akím Pietróvitch se curvou mais uma vez. Como se curvava! Ivan Ilítch se consolou um pouco. Porque lhe ocorrera que talvez o chefe de departamento pudesse adivinhar que era naquele minuto um ponto imprescindível de apoio para Sua Excelência. Isso seria ainda mais infame.

– Então, ficamos sentados os três por um tempo, serviu-nos champanhe, conversamos sobre os negócios... sobre trivialidades... sobre questões... Até discutimos... he-he!

Akím Pietróvitch ergueu respeitosamente as sobrancelhas.

– Só que ainda não é aí que eu quero chegar. Enfim despeço-me, o velho é pontual, deita-se cedo, sabe, por conta da velhice. Eu me retirei... e nada do meu Trifón! Alarmado, indaguei: "Onde Trifón meteu a carruagem?". Revelou-se que, imaginando que eu demoraria muito, partiu para o casamento de certa comadre ou irmã... só Deus sabe. Em algum lugar aqui na Peterbúrgskaia. E, aproveitando a ocasião, se apossou da carruagem.
– O general, mais uma vez por decoro, olhou para Pseldonímov, que de imediato se curvou, mas não por inteiro como era devido para com um general. "Falta-lhe simpatia, falta-lhe coração!", passou pela mente de Ivan Ilítch.

– Não me diga! – deixou escapar profundamente atacado Akím Pietróvitch. – Um pequeno ruído surdo de assombro tomou todo o grupo.

– O senhor pode imaginar a minha situação... – Ivan Ilítch olhou para todos. – Não havia nada a fazer, então saí a pé. Pensei em caminhar devagar até a Avenida Bolchói e procurar algum cocheiro... he-he!

– He-he-he – respondeu respeitosamente Akím Pietróvitch. Mais uma vez um ruído surdo, mas já em um tom alegre, tomou o grupo. Nesse momento o vidro do candeeiro da parede rebentou-se com um estrondo. Alguém prestativo lançou-se para consertá-lo. Pseldonímov agitou-se e olhou severamente para o candeeiro, mas o general nem mesmo prestara atenção, e tudo se acalmou.

– Lá estou eu andando... que noite excelente, silenciosa. De repente ouço uma música, o barulho de uma tropeada das danças. Pergunto com curiosidade a um policial: é o casamento de Pseldonímov. Sim, irmão, você mandou fazer um baile para toda a Peterbúrgskaia? Ha-ha – de repente ele se voltou de novo para Pseldonímov.

– Hi-hi-hi! Sim, senhor... – respondeu Akím Pietróvitch; os convidados mais uma vez se mexeram, mas o mais ridículo era que Pseldonímov, embora se curvasse de novo, não sorria, imóvel como uma estátua.

"Pois é ou não é um imbecil?!", pensou Ivan Ilítch. "Se esse asno sorrisse, tudo correria às mil maravilhas!" A impaciência se desencadeou em seu coração.

– Pensei: que tal entrar na casa do meu subordinado? Espero que ele não me mande embora... por bem ou por mal, receba o visitante. Por favor, irmão, me desculpe. Se eu estiver atrapalhando, vou embora. Só entrei para dar uma olhada...

Mas, aos poucos, começava uma movimentação geral. Akím Pietróvitch olhava deliciado, como se dissesse: "Vossa Excelência, atrapalhar?". Todos os convidados remexiam-se e começaram a revelar os primeiros sinais de atrevimento. Quase todas as damas se sentaram. Bom e positivo sinal. As mais atrevidas abanaram-se com lencinhos. Outra, usando um vestido de veludo surrado, deixou escapar algo num volume propositadamente alto. O oficial, a quem ela se dirigia, queria lhe responder ainda mais alto, mas como as deles eram as únicas vozes altas, ele se rendeu. Os homens, em sua maioria burocratas e dois ou três estudantes, entreolhavam-se, como se encorajando uns aos outros a relaxar, pigarreavam e até começaram a andar de lá para cá. Aliás, ninguém se acanhava de fato, eram todos apenas grosseiros e no íntimo viam com hostilidade a personalidade que caíra lá a fim de perturbar-lhes a alegria. O oficial, envergonhando-se de sua falta de coragem, começou a se aproximar aos poucos da mesa.

– E ouça, irmão, permita-me perguntar, como é seu nome e patronímico*? – perguntou Ivan Ilítch a Pseldonímov.

---

* O nome completo dos russos é composto do nome, patronímico e sobrenome. O patronímico provém do nome do pai. Por exemplo, Fiódor Mikháilovitch Dostoiévski. Mikháilovitch – filho de Mikhail. (N.T.)

– Porfiri Pietróv, Vossa Excelência – respondeu o outro, esbugalhando os olhos, como se estivesse a revistar algo.

– Apresente-me então, Porfiri Pietróvitch, à sua jovem esposa... Conduza-me... eu...

E manifestou o desejo de se levantar. Mas Pseldonímov se atirou com toda a rapidez à sala de visitas. Aliás, a jovem estava lá mesmo na porta e, ouvindo que a conversa era sobre ela, de imediato se escondeu. Passado um minuto Pseldonímov retirou-a de lá pela mão. Todos abriram caminho, dando-lhes passagem. Ivan Ilítch soergueu-se solenemente e se dirigiu a ela com o mais amável sorriso.

– Estou muito, muito contente em conhecê--la – pronunciou com a mais grandiosa mesura –, ainda mais em tal dia...

Ele sorriu maliciosamente. As damas agitaram-se com entusiasmo.

– *Charmée** – pronunciou quase em voz alta a dama do vestido de veludo.

A jovem merecia Pseldonímov. Ela era uma dama meio magra, ainda nos dezessete anos, pálida, com um rosto muito pequeno e um narizinho afilado. Seus olhinhos eram pequenos, rápidos e desembaraçados, não se desconcertavam em absoluto, ao contrário, olhavam-no fixamente, até com certo matiz de malícia. Era evidente que Pseldonímov não a escolhera pela beleza. Trajava um vestido branco de musselina

---

* "Encantada." Em francês no original. (N.T.)

com bainha cor-de-rosa. O pescoço era magrinho, o corpo, o de uma galinha, no qual era visível a coluna. Na saudação ao general ela não fazia ideia do que dizer.

– Pois você escolheu uma bem bonitinha – continuou ele a meia-voz, como se se dirigisse apenas a Pseldonímov, mas de um jeito que a jovem escutasse. Pseldonímov, porém, não respondeu nada, e até nem se curvou dessa vez. Parecia até haver em seus olhos algo frio e secreto, algo guardado apenas para si, algo especial, maligno. No entanto era preciso arrancar a qualquer custo algum tipo de emoção. Pois era para isso que ele viera.

"Vejam só que casal!", pensou ele. "Pensando bem..."

E novamente se dirigiu à jovem, que se instalara a seu lado no divã, mas para suas duas ou três perguntas recebeu novamente apenas "sim" ou "não", os quais, na verdade, mal se faziam ouvir.

"Se ao menos eu a deixasse encabulada", continuou ele no íntimo, "então eu começaria a gracejar. Do contrário, a minha situação é irremediável." E Akím Pietróvitch, como que de propósito, também ficou quieto, ainda que por estupidez, o que ainda assim era imperdoável.

– Senhores! Será que não atrapalho seu divertimento? – dirigiu-se ele a todos. Sentia as palmas das mãos suarem.

– Não, senhor... Não se preocupe, Vossa Excelência, dentro de um instante começaremos, e agora... estamos apenas tomando um ar, senhor – respondeu o oficial. A noiva o olhava com admiração: o oficial ainda não era velho e trajava o uniforme de um comando. Pseldonímov mantinha-se lá mesmo, com o corpo lançado para frente, e, ao que parece, punha à mostra seu nariz adunco ainda mais do que antes. Ele escutava e observava como um lacaio parado com casacos de pele nas mãos, à espera de seus senhores terminarem de se despedir. O próprio Ivan Ilítch fez essa comparação; ele sentia que se deixava levar, de modo desajeitado, de modo terrivelmente desajeitado, que o solo escapava sob seus pés, sem poder sair do lugar em que entrara, como se estivesse em meio à escuridão.

***

De repente todos deram passagem a uma mulher não muito alta nem corpulenta, até de certa idade, que, embora estivesse enfeitada, usava modestamente um grande lenço nas costas, preso com alfinetes na altura da garganta, e um chapéu estilo *bonnet* com o qual, é evidente, não se habituara. Suas mãos traziam uma bandeja redonda não muito grande, na qual havia intacta, mas já sem rolha, uma garrafa de champanhe e duas taças, nem mais nem menos. A garrafa, com certeza, estava destinada apenas a dois convidados.

A mulher de certa idade aproximou-se diretamente do general.

– Queira nos desculpar, Vossa Excelência – ela disse, curvando-se –, mas como não nos desdenha, dando-nos a honra de vir ao casamento do nosso filhinho, pedimos clemência: felicite com este vinho os jovens. Não desdenhe, dê-nos a honra.

Ivan Ilítch agarrou-se nela como que a uma salvação. Ela ainda não era uma mulher de todo velha, tinha quarenta e cinco ou quarenta e seis anos, não mais. Mas tinha um rosto russo tão bom, corado, tão transparente, redondo, sorria de modo tão bonachão, curvava-se de maneira tão simples que Ivan quase se alegrou e começou a ter esperanças.

– Então a senhora é a mãe do noivo? – disse ele, erguendo-se do divã.

– Sim, Vossa Excelência – balbuciou Pseldonímov, endireitando seu longo pescoço e novamente expondo o nariz.

– Ora! Estou muito, muito contente em conhecê-la.

– Então não faça pouco caso da gente, Vossa Excelência.

– Com o maior prazer!

Colocaram a bandeja sobre a mesa, Pseldonímov de um salto serviu o vinho. Ivan Ilítch, ainda de pé, pegou uma taça.

– Estou contente, estou especialmente contente por este acontecimento, que eu posso... – começou ele –, que eu posso deste modo testemunhar. Em poucas palavras, eu, como superior, lhe desejo, minha senhora – ele se dirigiu à noiva –, e a você, meu amigo Porfiri, eu lhes desejo, uma repleta, próspera e longa felicidade.

E assim bebeu toda a taça, com uma emoção especial, na conta a sétima daquela noite. Pseldonímov o olhava de modo sério e até sombrio. O general começou a odiá-lo de forma espantosa:

"E este homenzarrão", ele olhava para o oficial, "que agora está plantado aqui. Ele deveria gritar: urra! E aí as coisas se poriam no rumo certo..."

– E o senhor, Akím Pietróvitch, beba e faça um brinde – adicionou a velha, dirigindo-se ao chefe de departamento. – O senhor é um superior, ele é seu subordinado. Cuide do meu filhinho aqui, é o pedido de uma mãe. E daqui em diante não se esqueça de nós, nosso querido Akím Pietróvitch, o senhor é um homem bom.

"Como são gloriosas essas velhas russas!", pensou Ivan Ilítch. "Ela reavivou a todos. Sempre amei o nosso povo..."

Neste minuto foi levada à mesa ainda mais uma bandeja, carregada por uma moça, que trajava um vestido farfalhante de chita com crinolina, o qual ainda não fora lavado. Seus braços mal davam conta da grande bandeja. Nela havia uma infinidade de pratos com maçãs, confeitos, pastilás*, geleias, nozes etc. A bandeja até então estivera na sala de visitas para ser servida a todos os convidados, sobretudo às damas. Mas agora a transferiram apenas ao general.

---

* Doce típico russo à base de maçãs. (N.T.)

– Não faça pouco caso de nossos quitutes, Vossa Excelência. O que é nosso é vosso – repetia, curvando-se, a velha.

– Perdão... – disse Ivan Ilítch e com gosto pegou e esmagou por entre os dedos uma única noz. Já se decidira a ser popular até o fim.

Enquanto isso a jovem subitamente soltou umas risadinhas.

– O que foi, senhora? – perguntou Ivan Ilítch com um sorriso, alegrando-se com aquele sinal de vida.

– É que Ivan Kostienkínitch me fez rir – respondeu ela baixando os olhos.

O general de fato observou um rapaz louro, bastante apessoado, que se escondia na cadeira do outro lado do divã e que insinuara algo à madame Pseldonímov. O rapaz soergueu-se. Era aparentemente muito acanhado e muito jovem.

– Eu estava falando sobre o livro dos sonhos*, Vossa Excelência – murmurou ele, como que se desculpando.

– Que livro dos sonhos? – perguntou Ivan Ilítch indulgentemente.

– O novo livro dos sonhos, senhor, o de literatura, senhor. Eu falava a ela, senhor, que ver o sr. Panáiev** em sonhos significa derramar café no peitilho.

---

* Referência ao *Livro dos sonhos da literatura contemporânea russa*, obra satírica organizada por Nikolai Fiódorovitch Scherbina (1821-1869), na década de 1850. (N.T.)

** Ivan Panáiev (1812-1862): jornalista, escritor e crítico russo. (N.T.)

"Vejam só que ingenuidade", pensou não sem raiva Ivan Ilítch. O jovem, embora ruborizado, estava feliz ao extremo por ter dito algo sobre o sr. Panáiev.

– Sim, sim, já ouvi sobre isso... – reagiu Sua Excelência.

– Não, veja aí uma ainda melhor – deixou escapar outra voz ao lado do próprio Ivan Ilítch. – Está sendo publicado um novo léxico, assim, dizem, o sr. Kraiévski* vai escrever artigos, Alfieraki**... e uma literatura de *renúncia*...

Quem deixou escapar isso foi um jovem que não estava nada desconcertado, mas suficientemente desembaraçado. Usava luvas, um colete branco e segurava um gorro nas mãos. Não estava dançando, olhava com altivez, pois era um dos colaboradores da revista *Goloviéchka****, ditava modas e caíra no casamento por acaso, chamado como convidado de honra de Pseldonímov, com quem se tratava por "você", e com quem, ainda no ano passado, compartilhara uma vida miserável em um canto qualquer da casa de uma alemã. De qualquer forma, ele bebia vodca e para isso repetidas vezes já se ausentara, retirando-se para o aconchegante aposento contíguo cujo caminho todos conheciam. O general considerou-o terrivelmente desagradável.

---

* A. Kraiévski (1810-1889), editor do "*Dicionário Enciclopédico compilado por pesquisadores e escritores russos*", de 1861. (N.T.)

** Nikolai Alfieraki: famoso empreendedor da época. (N.T.)

*** Do russo, tição, facho, brasa. Provável referência à revista satírica *Iskra* (Faísca) que circulou em meados do século XIX. (N.T.)

– E por isso é divertido, senhor – com alegria interrompeu-o subitamente o rapaz loiro que contara sobre o peitilho. O colaborador de colete branco respondeu a essa interrupção com um olhar de ódio. – É divertido, porque, Vossa Excelência, o autor presume que o sr. Kraiévski não sabe as regras de ortografia e pensa que "literatura de *denúncia*" deve ser escrita como "literatura de *renúncia*"...

Mas o pobre rapaz mal terminou sua fala. É que ele percebeu que o general parecia desconcertado por ouvir uma história que já conhecia. O jovem ficou incrivelmente envergonhado e conseguiu se enfiar em algum canto o mais depressa possível, permanecendo, durante todo o restante da noite, muito melancólico. Mas, por outro lado, o desinibido colaborador da *Goloviéchka* aproximou-se ainda mais e, ao que parece, tencionava instalar-se por ali. Ivan Ilítch considerou aquela desinibição toda um tanto melindrosa.

– Sim! Conte, por favor, Porfiri – começou ele, para falar alguma coisa. – Por que, eu queria muito lhe perguntar sobre isso pessoalmente, por que você se chama Pseldonímov, e não Psevdonímov? Será que você não é, na verdade, Psevdonímov?

– Não posso informar com precisão, Vossa Excelência – respondeu Pseldonímov.

– O pai dele, com certeza, deve ter se atrapalhado com os documentos, senhor, ainda na admissão ao serviço público, senhor, portanto agora ficou Pseldonímov – opinou Akím Pietróvitch. – Isso acontece, senhor.

– E-xa-ta-men-te! – secundou com ardor o general. – E-xa-ta-men-te, pois veja o senhor mesmo: Psevdonímov provém da palavra corrente "pseudônimo". Já Pseldonímov não significa nada.

– Por estupidez, senhor – acrescentou Akím Pietróvitch.

– Mas o que particularmente você quer dizer com "por estupidez"?

– O povo russo, senhor; por estupidez modifica às vezes as letras, senhor, e articula às vezes uma língua própria, senhor. Por exemplo, dizem que alguém está "sastifeito", mas o certo seria "satisfeito", senhor.

– Pois é... "sastifeito"... he-he-he...

– "Táuba" também falam, Vossa Excelência – tilintou alto o oficial, que já andava por lá azucrinando para se sobressair de algum jeito.

– E o que é essa "táuba"?

– "Táuba" em lugar de "tábua", Vossa Excelência.

– Ah, sim, "táuba"... em lugar de "tábua"... Ora essa, sim... he-he! – Ivan Ilítch forçava-se a dar risadinhas para o oficial, que logo endireitou a gravata.

– E ainda dizem: "pobrema" – intrometia-se o colaborador da *Goloviéchka*.

Mas Sua Excelência esforçou-se para não ouvir o comentário. Não se poria a dar risadinhas a todos.

– "Pobrema" no lugar de "problema" – importunava o colaborador com uma visível irritação.

Ivan Ilítch olhou para ele de modo severo.

– Ora, por que o está importunando? – murmurou Pseldonímov ao colaborador.

– E qual é o problema de eu conversar? Será que é proibido falar? – começou a resmungar o outro, logo se calando. E, então, com dissimulada fúria, saiu do aposento.

Precipitou-se diretamente ao atraente aposento contíguo, local em que fora montada para os cavalheiros dançantes, ainda no início da noite, uma pequena mesinha coberta com uma toalha de mesa de Iároslav, onde havia dois tipos de vodca, arenque, caviar barato e uma garrafa do mais forte xerez de uma taberna nacional. Ele estava se servindo de vodca, repleto de ódio no coração, quando num repente entrou correndo, com os cabelos despenteados, o estudante de medicina, o primeiro dançarino e dançarino de cancã do baile de Pseldonímov. Ele se atirou com avidez à garrafa.

– A quadrilha vai começar agora! – deixou escapar ele, apressando-se. – Venha me ver: vou dançar um solo de cabeça para baixo, e depois do jantar arriscarei o Peixe*. É até bem apropriado para um casamento. Por assim dizer, uma insinuação amistosa a Pseldonímov... Que gloriosa essa Kléopatra Simiónovna, com ela é possível aventurar-se a fazer tudo o que se deseja.

---

* Dança popular russa. (N.T.)

– Ele é um retrógrado – respondeu de modo sombrio o colaborador, ao beber do cálice.

– Quem é retrógrado?

– Pois aquele ali, aquele tipo aí que colocaram à frente da *pastilá*. Um retrógrado. Escuta o que estou dizendo.

– Ora essa, você! – murmurou o estudante e atirou-se para fora do aposento, ao escutar a *ritournelle** da quadrilha.

O colaborador, que ficara sozinho, serviu-se de um pouco mais. Com desprendimento e tomado de uma grande fanfarrice, ele bebeu, beliscou uma coisinha aqui e ali, e o conselheiro civil efetivo Ivan Ilítch nunca antes granjeara um inimigo mais furioso e um vingador mais implacável do que o colaborador da *Goloviéchka*, por ele menosprezado, especialmente após dois cálices de vodca. Pobre Ivan Ilítch! Não desconfiava de nada. Não desconfiava ainda da circunstância mais fundamental que influenciava a forma com que todos os convidados se relacionavam com Sua Excelência. O fato é que, embora de sua parte ele desse motivos e até uma explicação detalhada sobre sua presença no casamento de seu subordinado, esta explicação no fundo não contentara ninguém, e os convidados continuavam desconcertados. Mas de repente tudo mudou como em um passe de mágica; todos se acalmaram e estavam dispostos a se divertir, gargalhar, soltar gritinhos e dançar, exatamente como se não houvesse nenhum

---

* Refrão. Em francês no original. (N.T.)

convidado inesperado no aposento. A causa era, não se sabe como, certo rumor, um sussurro, um súbito anúncio que se espalhara de que aquele convidado, ao que parece... estava um tanto alegre. E apesar de o caso carregar à primeira vista o aspecto da mais terrível calúnia, começou aos poucos a se justificar, portanto de repente tudo ficou claro. E mais ainda, todos passaram de repente a se sentir extraordinariamente à vontade. E foi neste mesmo instante que começou a quadrilha, a última antes do jantar, à qual tanto se apressara o estudante de medicina.

E no exato momento em que Ivan Ilítch desejava novamente dirigir-se à noiva, tentando desta vez achegar-se com algum trocadilho, o oficial de estatura elevada saltou num zás em direção a ela e num pulo ficou num joelho só. Ela levantou de um salto do divã e desapareceu com ele para fazer par na quadrilha. O oficial quase não se desculpou, e ela quase nem olhou para o general, saindo até como se estivesse contente de se livrar daquilo.

"Pensando bem, na realidade, ela está no seu direito", pensou Ivan Ilítch. "É que eles não conhecem as regras de decoro."

– Hum... não faça cerimônias, irmão Porfiri – dirigiu-se ele a Pseldonímov. – Talvez estejam precisando de você para resolver algo... para fazer sabe-se lá o quê... por favor, não se constranja. "Por que será que ele me vigia?", pensou ainda em seu íntimo.

Pseldonímov se lhe tornara insuportável com seu rosto longo e com os olhos fixamente tensionados em sua direção. Em linhas gerais, aquilo não tinha nada a ver com o que Ivan Ilítch havia imaginado, mas ele ainda estava longe de admiti-lo.

***

A quadrilha começou.

– Permite-me, Vossa Excelência? – perguntou Akím Pietróvitch, segurando respeitosamente a garrafa e preparando-se para encher a taça de Sua Excelência.

– Eu... eu, verdadeiramente, não sei se...

Mas Akím Pietróvitch, todo obsequioso, com um rosto resplandecente, já servia o champanhe. Quase à socapa, como que de maneira furtiva, estremecendo e crispando-se, encheu a própria taça, preocupando-se em deitar para si um dedo a menos de bebida, coisa que era de certo modo mais respeitável. Ele permanecia como que uma mulher em trabalho de parto, sentado dessa forma ao lado de seu superior mais próximo. Na realidade sobre o que falar? Distrairia Sua Excelência nem que fosse por obrigação, já que ele tivera a honra de fazer-lhe companhia. O champanhe tornara-se uma saída, e para Sua Excelência era até agradável que o outro lhe servisse; não pelo champanhe, pois ele estava quente e era da mais baixa qualidade, mas sim porque era moralmente agradável.

"O velho deseja beber", pensou Ivan Ilítch, "mas, sem mim, não ousa. Não vou detê-lo então...

Seria ridículo se a garrafa ficasse estacionada assim entre nós."

Ele tomou um gole e, apesar de tudo, aquilo lhe pareceu melhor do que ficar só sentado.

– Pois eu estou aqui – começou ele com ênfase e disposição –, pois estou aqui, por assim dizer, por casualidade e, é claro, talvez, é bem possível que os outros descubram... que, para mim... por assim dizer, é inadequado estar em tal... círculo.

Akím Pietróvitch permanecia calado e escutava atentamente com uma curiosidade tímida.

– Mas tenho esperanças que o senhor me entenda, que eu vim para... Pois na realidade não vim pelo vinho. He-he!

Akím Pietróvitch quis dar umas risadinhas, seguindo Sua Excelência, mas interrompeu-se e mais uma vez não respondeu nada de reconfortante.

– Eu estou aqui... para, por assim dizer, encorajar... mostrar, por assim dizer, um objetivo, por assim dizer, um objetivo moral – continuava Ivan Ilítch, mas, desgostando da inexpressividade de Akím Pietróvitch, de repente se calou. Percebia que o pobre Akím Pietróvitch até deixava cair os olhos, como se tivesse alguma culpa. O general, estando um pouco perturbado, apressou-se ainda uma vez mais para tomar uns goles de sua taça, enquanto Akím Pietróvitch apanhou a garrafa e serviu-lhe mais, como se sua salvação dependesse disso.

"Não é que você tenha lá muitos recursos", pensou Ivan Ilítch, olhando severamente para o pobre Akím Pietróvitch. Este, pressentindo para si o olhar severo do general, decidiu então calar-se em definitivo e não erguer os olhos. Deste modo ficaram sentados um frente ao outro por uns dois minutos, dois minutos angustiantes para Akím Pietróvitch.

Um pouco sobre Akím Pietróvitch. Era ele um homem pacífico como uma galinha, de um temperamento antiquado, educado no servilismo e, entretanto, um homem bom e até nobre. Era um russo de Petersburgo, ou seja, o pai de seu pai e seu pai nasceram, cresceram e serviram em Petersburgo e nunca saíram de Petersburgo. Ele fazia parte de um grupo completamente singular entre os russos. Quase não compreendem nada em relação à Rússia, o que não os incomoda em absoluto. Todo o interesse dessa gente está voltado a Petersburgo e, sobretudo, ao cargo que ocupam no serviço público. Toda a sua atenção é dirigida a um miserável jogo de *préférence**, às pequenas lojas e aos ordenados mensais. Não conhecem nem um único costume russo, nem uma única canção russa, exceto "Lutchínuchka", e apenas porque é tocada em realejos. Aliás, há dois indícios essenciais e inabaláveis pelos quais imediatamente se distingue o verdadeiro homem russo do homem russo de Petersburgo. O primeiro indício consiste em que nenhum petersburguês, sem exceção, jamais diz: *Boletim de Petersburgo***, mas sempre

---

* Jogo de cartas de origem francesa. (N.T.)
** Diário russo publicado pela Academia de Ciências em Petersburgo. (N.T.)

diz: *Boletim Acadêmico*. O segundo indício, igualmente essencial, consiste em que nenhum petersburguês jamais faz uso do termo "café da manhã", e sim "*Frühstück*"*, ressaltando especialmente o som do "*frü*". Por esses dois indícios principais e característicos sempre é possível distingui-los; em suma, trata-se de um tipo pacífico que definitivamente foi fabricado nos últimos trinta e cinco anos. Pensando bem, Akím Pietróvitch não era de forma alguma um imbecil. Se o general tivesse perguntado algo que lhe fosse conveniente, responderia e manteria uma conversa, mas, por outro lado, era um tanto inconveniente para um subordinado responder a quaisquer daquelas questões, embora Akím Pietróvitch morresse de curiosidade para saber mais detalhes sobre os verdadeiros intentos de Sua Excelência...

E enquanto isso Ivan Ilítch cada vez mais desembocava em uma reflexão e num certo torvelinho de ideias; distraído, sem se fazer notar, sorvia incessantemente da taça. Akím Pietróvitch de imediato e zelosamente servia-lhe mais. Ambos estavam calados. Ivan Ilítch começou a assistir à dança, que logo atraiu um pouco a sua atenção. Até que uma circunstância o surpreendeu.

As danças estavam de fato alegres. Os convivas dançavam ali imbuídos precisamente de uma simplicidade no coração, para se alegrar e até para cair na folia. Havia poucos dançarinos habilidosos; mas os desajeitados marcavam o compasso

---

* "Café da manhã" em alemão. (N.T.)

com o pé com tanta força que era possível tomá-los como habilidosos. Em primeiro lugar, distinguia-se o oficial: ele gostava especialmente das figuras de dança em que ficava sozinho, como em um solo. Então se arqueava de um jeito surpreendente; mais precisamente, com o corpo todo reto feito um varapau, ele se inclinava para um lado, a ponto de quase cair, mas com o passo seguinte de repente se inclinava exatamente do mesmo jeito para o lado contrário. Mantinha no rosto a mais séria expressão e dançava com a plena convicção de que todos o admiravam. Outro cavalheiro, tendo se embriagado antes da quadrilha, adormeceu na segunda figura ao lado de sua dama, portanto ela teve de dançar sozinha. Um jovem registrador, que bailava com a dama de echarpe azul, em todas as figuras e em todas as cinco quadrilhas dançadas durante aquela noite pregava sempre a mesma peça, qual seja: ficava um pouco atrás de seu par, agarrava uma pontinha de sua echarpe e, no ar, ao passar a dama para o dançarino da frente, esbarrava naquela pontinha beijando-a umas vinte vezes. À sua frente a dama então flutuava como se não notasse nada. O estudante de medicina de fato fez o solo de cabeça para baixo, causando um exaltado alvoroço, com tropeadas e guinchos de prazer. Em suma, a falta de compostura geral era excessiva. Ivan Ilítch, já sob o efeito do vinho, começou a sorrir, mas uma suspeita amarga começou a penetrar em sua alma aos poucos: é claro, ele gostava muito dessa sem-cerimônia e informalidade toda; do fundo do coração até desejara essa sem-cerimônia, enquanto todos eles se retraíam, só que agora essa falta de compostura já começava a passar dos limites. Uma dama, por exemplo, com um vestido azul de veludo surrado, comprado depois de ter passado de mão em mão, na sexta figura prendera com alfinetes o vestido de modo que parecia estar de calças. Tratava-se da mesma Kléopatra Simiónovna, com a qual alguém poderia se aventurar a fazer tudo o que se deseja, na expressão de seu cavalheiro, o estudante de medicina. Sobre o estudante de medicina: nada a dizer além do nome Fókin*. Que significava tudo aquilo? De início estavam todos acuados em um canto e súbito, num zás-trás, passaram a esse desprendimento todo! Isso não devia significar nada, mas era muito estranha aquela mudança: só podia prenunciar algo. Do exato modo como se tivessem se esquecido por inteiro de que havia no mundo Ivan Ilítch. Naturalmente, ele era o primeiro a gargalhar e até arriscou-se a aplaudir. Akím Pietróvitch, de maneira respeitosa, ria em uníssono com ele, embora, aliás, com evidente prazer e sem suspeitar que Sua Excelência começava a alimentar um parasita em seu coração.

– Como dança gloriosamente, meu jovem – Ivan Ilítch falou de maneira artificial ao estudante, que passara andando em sua frente assim que terminou a quadrilha.

---

* Herói do cancã, que se tornara célebre por toda a Petersburgo com sua dança considerada despudorada. (N.T.)

O estudante voltou-se bruscamente a ele, fez uma espécie de careta, aproximou seu rosto de Sua Excelência em uma distância tão próxima que era até indecente e, esgoelando a garganta, gritou como um galo. Aquilo já era demais. Ivan Ilítch levantou-se da mesa. A despeito disso, seguiu-se uma descarga de gargalhadas incontroláveis, porque o grito do galo soara surpreendentemente natural, e a careta fora de todo inesperada. Ivan Ilítch permanecia atônito quando num repente surgiu o próprio Pseldonímov, que, curvando-se, chamou-o para o jantar. Atrás dele vinha sua mãe.

– Paizinho, Vossa Excelência – falava ela, curvando-se. – Dê-nos a honra, não faça pouco caso da nossa pobreza...

– Eu... eu, verdadeiramente, não sei... – começou Ivan Ilítch. – Pois eu não vim para isso... eu... já estava para ir...

De fato, ele segurava o gorro nas mãos. Mais ainda: naquele mesmo instante jurara para si mesmo que iria de imediato embora, sem falta, e que de modo algum permaneceria e... e permaneceu. Em um minuto ele abriu o cortejo até a mesa. Pseldonímov e sua mãe iam à frente e abriam-lhe o caminho. Fizeram-no sentar no lugar de honra, e novamente uma garrafa de champanhe intacta veio parar à sua frente... Havia na mesa as entradas: arenque e vodca. Estendeu a mão, serviu para si mesmo um cálice enorme de vodca e bebeu. Nunca bebera vodca antes. Sentia como se rolasse de uma montanha, voando, voando, voando,

voando, era preciso se segurar, agarrar-se a algo, mas não havia nada à vista.

***

Sua situação estava de fato ficando cada vez mais excêntrica. Mais ainda: aquilo tudo só podia ser uma espécie de troça do destino. Sabe Deus o que se passara com ele naquela hora. Quando chegara, ele, por assim dizer, estendera o abraço a todos os homens e a todos os seus subordinados; e, passado menos de uma hora, sabia e sentia, com um grande aperto no coração, que odiava Pseldonímov, amaldiçoava a ele e a sua mulher e ao seu casamento. E mais ainda: pelo rosto, pelo olhar, percebia que o próprio Pseldonímov o odiava, como se dissesse: "Vá para o inferno, maldito! Está pendurado no meu pescoço!". Tudo isso ele já há muito predizia no olhar de seu subordinado.

É evidente que agora, sentado à mesa, Ivan Ilítch não titubearia em deixar que cortassem a sua mão, mas não reconheceria, com sinceridade e em viva voz, nem para si mesmo, que era exatamente isso o que acontecia. Ainda não era chegada a hora, mas desde então já havia um balanço moral. Mas o coração, o coração... como doía! Pedia por liberdade, ar, descanso. Pois Ivan Ilítch era um homem muito bom.

Mas ele sabia muito bem que há muito deveria ter saído, não apenas porque era preciso sair, mas até porque era preciso se salvar. É que as coisas de repente se tornaram completamente diferentes do que sonhara há pouco na calçada de madeira.

"E para que eu vim? Será que eu vim aqui para beber e comer?", perguntava ele no íntimo, comendo um bocadinho de arenque. Ele até chegava à negação. Havia instantes em que a ironia, presente durante todo aquele feito, agitava-se em sua alma. Nem mesmo compreendia por que, de fato, havia entrado na festa.

Mas como sair? Sair assim, sem ir até o final, seria impossível. "Que dirão? Dirão que eu me arrasto para lugares indecentes. Coisa que, na realidade, vão dizer se eu não for até o final nisso. Que falarão, por exemplo, amanhã (porque em toda parte se propagará) Stiepan Nikíforovitch, Simión Iványich, nos escritórios, na casa de Chémbel, de Chúbin? Não, é preciso sair de um jeito que faça todos compreenderem por que eu vim, é preciso revelar o objetivo moral...", mas enquanto isso nenhum momento patético propício a essa revelação havia se dado.

"Eles até nem me respeitam", continuava ele. "De que riem? Eles estão nessa desinibição toda como se fossem insensíveis... Sim, eu há muito desconfiava da inclinação dos jovens à insensibilidade! É preciso ficar, custe o que custar! Agora há pouco eles dançavam, mas quando estiverem todos presentes à mesa... Falarei sobre as questões, sobre as reformas, sobre a grandeza da Rússia... E ainda vou cativá-los! Sim! Talvez nada esteja perdido por completo... Talvez, na realidade as coisas sejam sempre assim. Por onde eu deveria começar para cativá-los? Que tipo de técnica deveria engendrar? Estou perdido, estou simplesmente perdido... e o que eles precisam, o que reivindicam? Vejo que estão rindo por ali... Será que é de mim, meu Deus? E o que é que eu preciso... por que estou aqui, por que não fui embora, o que quero alcançar?..." Ele pensava, e uma espécie de vergonha, uma espécie de vergonha intolerável e profunda cada vez mais rasgava o seu coração.

***

Mas assim caminhavam as coisas, uma após outra.

Passados exatos dois minutos após ter se sentado à mesa, um terrível pensamento se apoderou de todo o seu ser. De repente percebeu que estava terrivelmente bêbado, quer dizer, não como antes, mas definitivamente bêbado. O motivo fora o cálice de vodca, que, tendo bebido em sequência ao champanhe, provocara um rápido efeito. Ele sentia, percebia em todo o seu ser que enfraquecera em definitivo. É claro, isso aumentava e muito sua fanfarrice, mas a consciência não o abandonava e gritava para ele: "Isso vai mal, muito mal, é até indecente!". É claro, os pensamentos ébrios e vacilantes não podiam continuar do mesmo jeito: de repente, de modo claro, surgiram-lhe dois extremos. Em um estava a fanfarrice, o desejo de triunfo, a derrocada dos entraves e a desesperada certeza de que ainda alcançaria seu objetivo. O outro extremo fazia-se sentir como uma dor surda e atormentadora na alma e uma espécie de aperto em seu coração. "Que dirão? Como isso terminará? O que será do... do... do amanhã!.."

Antes, de uma forma secreta, ele pressentia que já tinha inimigos entre os convidados. "Ora, deve ser porque eu estava bêbado", pensou com uma suspeita angustiante. Tal foi o seu horror quando, por sinais indubitáveis, assegurou-se de que à mesa realmente encontravam-se inimigos seus e que já não era possível duvidá-lo.

"E por quê? Por quê!", ele pensava.

Todos os trinta convidados instalaram-se à mesa, entre os quais alguns já definitivamente embriagados. Os outros se comportavam com um desprendimento maligno, negligente, gritavam, falavam todos em voz alta, faziam brindes no momento errado, brincavam com as damas de atirar bolinhas de pão. Um deles, uma figura desgraciosa usando uma sobrecasaca ensebada, caiu da cadeira ao se sentar e assim permaneceu até o fim do jantar. Outro queria a qualquer custo subir à mesa e fazer um brinde, e apenas o oficial, agarrando-o pelas abas do casaco, tentou moderar aquele entusiasmo fora de hora. O jantar estava uma completa mistura, embora houvesse sido contratado um cozinheiro, o servo de um general: havia galantina, língua com batata, havia bolinho de carne com ervilhas verdes, havia, enfim, ganso e ao final de tudo *blanc-manger*. Para beber havia cerveja, vodca e xerez. A garrafa de champanhe permanecia na frente apenas do general, o que o forçava a se servir e a Akím Pietróvitch, que já não ousava tomar iniciativas. Para os brindes destinaram ao restante dos convidados um vinho montanhês ou coisa que o valha. A própria mesa consistia de várias mesas dispostas conjuntamente, incluindo uma mesa de jogo. Estavam cobertas com muitas toalhas, dentre as quais uma toalha colorida de Iároslav. As damas e os cavalheiros estavam sentados de forma alternada. A mãe de Pseldonímov não quis sentar-se à mesa; ela cuidava das tarefas e dava ordens. Mas, em seu lugar, uma figura feminina maligna que não havia aparecido antes surgiu em um vestido vermelho de seda, usando uma atadura que cobria do alto da testa à ponta do queixo e andava metida em um chapéu para lá de elevado. Era a mãe da noiva, que se decidira enfim a sair do aposento contíguo para o jantar. Até este momento não saíra de lá por motivo de animosidade irreconciliável com a mãe de Pseldonímov; mas falaremos sobre isso depois. Esta dama olhava com malícia para o general, até com zombaria e, estava claro, não queria ser apresentada a ele. Ivan Ilítch considerou-a extremamente suspeita. Mas, além dela, alguns outros rostos também eram suspeitos e guardavam em si um receio e uma inquietude involuntária. Parecia até que estavam conspirando, e precisamente contra Ivan Ilítch. Pelo menos era isso que lhe parecia, e no decorrer do jantar ele se convencia cada vez mais.

A saber: havia um senhor maligno com uma barbicha, um tipo de livre artista; punha-se a olhar às vezes para Ivan Ilítch e depois, voltando-se ao vizinho, cochichava-lhe algo. Outro, um estudante, na verdade já completamente bêbado, carregava mesmo assim alguma coisa suspeita. Maus pressentimentos também recaíam sobre o estudante de medicina. Nem mesmo o próprio oficial merecia qualquer confiança. Mas um ódio visível e singular irradiava o colaborador da *Goloviéchka*: ele se desmanchara de tal forma na cadeira, olhava tão altiva e arrogantemente, bufava com tanta insubordinação! Mas o restante dos convidados não prestava qualquer atenção especial ao colaborador – que escrevera na *Goloviéchka* somente uns quatro versinhos e que por isso se fazia de liberal – e claramente não gostava dele; e quando uma bolinha de pão caiu de repente ao lado de Ivan Ilítch, evidentemente atirada de propósito em sua direção, ele estava disposto a dar a cabeça a prêmio de que o culpado era ninguém menos que o colaborador da *Goloviéchka*.

Tudo isso, é claro, agia sobre ele de modo lamentável.

Havia ainda outra observação particularmente desagradável: Ivan Ilítch estava de todo convencido de que começara a pronunciar de forma incerta e embaraçosa algumas palavras que queria muito dizer, mas sua língua não se mexia. Em seguida esquecia o que queria falar e, sem qualquer razão aparente, começava de súbito a bufar e a rir, quando não havia absolutamente nada de que rir. Esta disposição passou rapidamente após tomar um copo de champanhe, que Ivan Ilítch não desejava beber, mesmo o tendo servido; de maneira súbita e descuidada, bebeu tudo de uma vez só. Depois daquele copo quase teve vontade chorar. Sentia que caía na mais excêntrica suscetibilidade; mais uma vez estava prestes a amar, amar a todos, até mesmo Pseldonímov, até mesmo o colaborador da *Goloviéchka*. Desejou de repente abraçar a todos, esquecer tudo e chegar a um acordo. Mais ainda: contar tudo a todos francamente, tudo, tudo, ou seja, que era um homem bom e glorioso, com talentos gigantescos. Como seria útil à pátria, como sabia fazer rir as damas e, principalmente, como era progressista, como estava humanamente disposto a ter compaixão por todos, até pelos mais subalternos, e, enfim, para encerrar, a contar com franqueza todos os motivos que o induziram a aparecer sem ser chamado na casa de Pseldonímov, beber de suas duas garrafas de champanhe e dar-lhes o prazer de sua presença.

"A verdade, a verdade sagrada antes de tudo, e a sinceridade! Vou arrebatá-los pela sinceridade. Acreditarão em mim, vejo claramente; até me olham de forma hostil, mas, quando eu lhes revelar tudo, os conquistarei irremediavelmente. Eles encherão os cálices e com um clamor beberão à minha saúde. Estou convencido de que o oficial estraçalhará sua taça com a espora. Talvez até grite 'urra!'. E se inventassem de me arremessar ao alto como fazem os hussardos, eu não me oporia, até seria muito bom. Beijarei a noiva na testa; ela é encantadora. Akím Pietróvitch também é um homem muito bom. Pseldonímov, é claro, mais tarde se emendará. Faz-lhe falta, por assim dizer, este brilho mundano... Embora, é claro, não haja uma delicadeza afetuosa em toda essa nova geração, mas... mas eu lhes falarei sobre o destino atual da Rússia em relação às outras potências europeias. Farei menção à questão do camponês e... e todos eles me amarão, e eu sairei glorioso!..."

Esses sonhos, é claro, eram muito agradáveis, mas o desagradável era que, em meio a todas essas esperanças cor-de-rosa, Ivan Ilítch de súbito revelou para si um talento inesperado: precisamente o talento de cuspir. Ao menos a saliva começou de repente a pular para fora de sua boca completamente contra sua vontade. Ele observou isso em Akím Pietróvitch, cuja face ele salpicava e que permanecia sentado, por respeito evitando se limpar. Ivan Ilítch pegou um guardanapo e se pôs ele mesmo a enxugá-lo. Mas a ação lhe pareceu tão ridícula, até fora do razoável, que ele se calou e começou a ficar assustado. Akím Pietróvitch, embora bebendo, permanecia como se em choque. Ivan Ilítch compreendeu naquele momento que já fazia quase um quarto de hora que lhe falava sobre o mais interessante tema, mas Akím Pietróvitch, ao escutá-lo, não apenas se desconcertou, mas até ficou com algum receio. Pseldonímov, que estava sentado a uma cadeira de distância de

Sua Excelência, também lhe estendia o pescoço e, inclinando de lado a cabeça, com o aspecto mais desagradável, tentava escutar. Era como se o vigiasse. Passando os olhos pelos convidados, percebeu que muitos olhavam indisfarçadamente para ele e gargalhavam. Mas o mais estranho de tudo era que ele não se desconcertou nem um pouco com isso, pelo contrário, sorveu ainda mais uma vez de sua taça e de novo começou a falar em alto e bom som.

– Eu já disse! – começou o mais alto possível. – Eu disse, senhores, agora há pouco a Akím Pietróvitch, que a Rússia... sim, a Rússia... em suma, os senhores compreendem o que eu quero dizer... a Rússia experiencia, segundo minha mais profunda convicção, a humanidade...

– Hu-humanidade! – ressoou do outro lado da mesa.

– Hu-hu!

– Tu-tu!

Ivan Ilítch parou. Pseldonímov levantou da cadeira e pôs-se a olhar ao redor: quem soltara aquele grito? Akím Pietróvitch balançava de modo furtivo a cabeça, como se apelando à consciência dos convidados. Ivan Ilítch apercebeu-se do fato muito claramente, mas se calou, martirizado.

– A humanidade! – continuava ele, com obstinação. – Há pouco... precisamente há pouco falei a Stiepan Nikíforovitch... sim... que... que a renovação, por assim dizer, das coisas...

– Vossa Excelência! – ressoou alto no outro lado da mesa.

— Quem chama? – replicou Ivan Ilítch ao ser interrompido, esforçando-se para ver quem gritara com ele.

— Nada, Vossa Excelência, eu estou ficando entusiasmado, continue! Con-ti-nu-e!! – a voz fez-se ouvir mais uma vez.

Ivan Ilítch estremeceu.

— A renovação, por assim dizer, dessas mesmas coisas...

— Vossa Excelência! – gritou de novo a voz.

— O que o senhor deseja?

— Salve!

Desta vez Ivan Ilítch não aguentou. Interrompeu o discurso e virou-se ao ofensor e perturbador da ordem. Tratava-se de um estudante ainda muito jovem, que havia bebido muito e que já vinha provocando uma enorme desconfiança. Já fazia muito tempo que ele berrava e até quebrara um copo e dois pratos, afirmando que esse tipo de coisa devia acontecer em um casamento. No momento em que Ivan Ilítch se virou para ele, o oficial pôs-se a ralhar severamente com o gritalhão.

— O que há com você, para que berrar? Retire-se daqui, ora!

— Isso não tem nada a ver com o senhor, Vossa Excelência, não mesmo! Continue! – gritou o entusiasmado estudante, desmoronando na cadeira. – Continue, eu estou escutando e estou muito, muito satisfeito com o que estou ouvindo! Lou-vá-vel, lou-vá-vel!

– Que garotinho bêbado! – soprou Pseldonímov num cochicho.

– Estou vendo que ele está bêbado, mas...

– É que contei agora uma anedota engraçada, Vossa Excelência! – começou o oficial. – Sobre um tenente de nosso comando que falava exatamente assim com seu superior, e ele agora se pôs a imitá-lo. A cada palavra de seu superior, ele repetia sem parar: lou-vá-vel, lou-vá-vel! Há dez anos foi cortado do serviço público por isso.

– Que tenente é esse?

– Do nosso comando, Vossa Excelência, ele enlouqueceu por conta de tanto louvor. Primeiramente condenaram-no a penas mais leves, depois veio a detenção... O superior dele o repreendia como um pai; e o outro replicava: lou-vá-vel, lou-vá-vel! E o mais estranho: o oficial era valente, quase dois metros de altura. Queriam que ele fosse julgado, mas perceberam que ele estava louco.

– Isso significa... um colegial. E com as traquinagens de um colegial não se deve ser tão severo. Eu, de minha parte, estou disposto a perdoar...

– A medicina comprovou que enlouquecera, Vossa Excelência.

– Como? Na autópsia?

– Ora, pois ele estava completamente vivo, senhor.

Uma salva de sonoras gargalhadas quase geral espalhou-se por entre os convidados, que de início estavam se comportando de maneira cerimoniosa. Ivan Ilítch ficou furioso.

– Senhores, senhores! – ele gritou, e num primeiro momento até quase não gaguejou. – Eu sei muito bem que não se faz autópsia em pessoas vivas. Achei que em sua alienação mental ele já não estivesse mais vivo... ou seja, que estava morto... ou seja, eu quero dizer... que os senhores não me amam... Ao passo que eu amo a todos os senhores... sim, e amo a Por... Porfiri. Eu me humilho falando assim...

Neste momento uma descomunal golfada de saliva voou da boca de Ivan Ilítch e espatifou-se na toalha de mesa, no lugar mais visível. Pseldonímov apressou-se a enxugá-la com um guardanapo. Esta última infelicidade esmagou Sua Excelência.

– Senhores, isso já é demais! – gritou Ivan em desespero.

– Um homem bêbado, Vossa Excelência – Pseldonímov disse de novo, baixinho.

– Porfiri! Vejo que o senhor... todos... sim! Eu lhes digo que tenho esperanças... sim, convido todos a falar: por que estou me humilhando?

Ivan Ilítch por pouco não estava chorando.

– Vossa Excelência, perdoe-me, senhor!

– Porfiri, eu me dirijo a você... Diga-me, se eu vim... sim... sim, ao casamento, eu tinha um objetivo. Eu queria erguer moralmente... eu queria que eles sentissem. Eu me dirijo a todos os senhores: estou ou não estou totalmente humilhado perante seus olhos?

Um silêncio sepulcral. O negócio é que se fez um silêncio sepulcral, e ainda em resposta a uma pergunta tão categórica. "Ora, então, então por que é que não gritam, ainda mais num momento como este?!", passou pela mente de Sua Excelência. Mas os convidados apenas se entreolhavam. Akím Pietróvitch estava sentado mais morto do que vivo, mas Pseldonímov, emudecido de medo, repetia para si mesmo uma pergunta horrível, que há muito se lhe apresentava:

"Depois disso, o que será de mim amanhã?"

De repente, o colaborador da *Goloviéchka*, já muito bêbado, mas que estava sentado até agora em um silêncio sombrio, dirigiu-se a Ivan Ilítch e com olhos flamejantes pôs-se a responder em nome de todos.

– Sim, senhor! – gritou com uma voz de trovão. – Sim, senhor, o senhor se humilha, sim, o senhor é um retrógrado... Re-tró-gra-do!

– Jovem, reconsidere!, lembre-se de com quem o senhor, por assim dizer, está falando! – gritou enfurecido Ivan Ilítch, novamente saltando de seu lugar.

– Com o senhor e, em segundo lugar, eu não sou jovem... O senhor veio para se exibir e buscar popularidade.

– Pseldonímov, veja isso! – gritou Ivan Ilítch.

Mas Pseldonímov pulou de horror e ficou parado como um poste, já não sabendo o que fazer. Os convidados também ficaram paralisados em seus lugares. O artista e o estudante aplaudiram, gritaram "bravo, bravo!".

O colaborador continuou a gritar com um incontrolável furor:

– Sim, o senhor chegou para gabar-se da humanidade! O senhor atrapalhou a diversão de todos. O senhor bebeu champanhe e não compreendeu que ela é cara demais para um funcionário público com um vencimento de dez rublos ao mês, e desconfio que o senhor é um daqueles superiores que cobiçam as jovens esposas de seus subordinados! Mais ainda, eu estou convencido de que o senhor apoia o *ótkup*... Sim, sim, sim!

– Pseldonímov, Pseldonímov! – gritou Ivan Ilítch, estendendo-lhe a mão. Ele sentia que cada palavra do colaborador era uma nova punhalada em seu coração.

– Por favor, Vossa Excelência, não lhe dê ouvidos, por favor! – gritou energicamente Pseldonímov, saltando na direção do colaborador, agarrando-o pelo colarinho e tirando-o da mesa. Era mesmo impossível esperar do enfezado Pseldonímov tão grande força física. Mas o colaborador estava muito bêbado, enquanto Pseldonímov estava completamente sóbrio. Depois disso ele deu-lhe umas bofetadas e empurrou-o porta afora.

– Todos vocês são uns patifes! – gritou o colaborador. –Vou retratar a todos amanhã numa caricatura na *Goloviéchka*!

Num salto todos se puseram de pé.

– Vossa Excelência, Vossa Excelência! – gritou Pseldonímov, sua mãe e alguns dos convidados, aglomerando-se perto do general. – Vossa Excelência, acalme-se!

– Não, não! – gritou o general. – Eu estou destruído... eu vim... eu queria, por assim dizer, abençoá-los. Por tudo, por tudo!

Desmoronou na cadeira como que desfalecido, colocou ambas as mãos sobre a mesa e, abaixando a cabeça, caiu sobre o prato de *blanc-manger*. Não há como descrever o horror geral. Dentro de um minuto ele se levantou, provavelmente querendo ir embora; tremendo, tropeçou na perna da cadeira, caiu por inteiro no chão e pôs-se a roncar...

Isso acontece com quem não costuma beber e acaba se embriagando por acaso. Conservam a consciência até os últimos instantes, até o limite, e depois caem de súbito como que ceifados. Ivan Ilítch jazia ao chão, tendo perdido totalmente a consciência. Pseldonímov agarrou os próprios cabelos e parou nessa exata posição. Os convidados apressaram-se a ir embora, cada um interpretando para si mesmo o ocorrido. Já eram quase três horas da manhã.

***

O principal nessa situação é que as circunstâncias na vida de Pseldonímov eram muito piores do que se podia imaginar, apesar deste cenário nada atraente. E, enquanto Ivan Ilítch jazia no chão e Pseldonímov está parado sobre ele, puxando os cabelos em desespero, interrompemos o curso de nossa história e falaremos algumas palavras explicativas sobretudo a respeito de Porfíri Pietróvitch Pseldonímov.

A não mais que um mês de seu casamento, ele andava na mais completa e irremediável penúria. Nascera na província, onde seu pai trabalhou em algum cargo no serviço público e onde morreu ao cabo de um processo judicial. Quando, cinco meses antes do casamento, Pseldonímov, que já passara um ano na miséria em Petersburgo, recebeu seu cargo de dez rublos ao mês, ele renasceu de corpo e alma, logo tendo de rebaixar-se novamente às circunstâncias. Apenas dois Pseldonímov restavam no mundo, ele e sua mãe, que abandonara a província após a morte do marido. Mãe e filho pereciam, os dois, no frio e alimentavam-se de materiais duvidosos. Havia dias em que Pseldonímov ia ele mesmo com uma caneca até a Fontanka* para pegar água para beber lá mesmo. Recebendo o cargo, ele e sua mãe instalaram-se de qualquer jeito em algum canto. Ela começou a lavar as roupas brancas das pessoas, e ele economizou por quatro meses para comprar botas e um capote. E quanta desgraça ele suportou em seu escritório: seus superiores achegavam-se a ele com uma pergunta: há quanto tempo ele não tomava um banho? Corriam rumores de que guardava sob a gola do uniforme um ninho de percevejos. Mas Pseldonímov tinha uma personalidade inabalável. Era humilde e silencioso na aparência; tinha a

---

* Ramificação do rio Nievá. (N.T.)

instrução mais básica e quase nunca se ouvia falar sobre qualquer conversa que alguém tivera com ele. Não posso afirmar: será que ele pensava, criava planos ou sistemas, sonhava sobre o que quer que fosse? Mas por outro lado nele se elaborava algo instintivo, sólido, uma resolução inconsciente para fazer seu próprio caminho a partir de sua infame condição. Havia nele a obstinação das formigas: quando lhes destroem o ninho, as formigas imediatamente começam a reconstruí-lo, para o destruírem outra vez – e outra vez recomeçam, e assim por diante sem descanso. Ele era um ser construtor e caseiro. Estava escrito em sua testa que conseguiria ser alguém, que construiria um ninho e, talvez, até acumulasse uma reserva. Em todo o mundo apenas a mãe o amava, e o amava incondicionalmente. Ela era uma mulher inabalável, incansável, trabalhadora e, além do mais, bondosa. Assim viveriam eles em qualquer canto, talvez ainda uns cinco ou seis anos, até a mudança das circunstâncias, se não se chocassem com o conselheiro titular aposentado Mlekopitáiev, antigo tesoureiro que servira um período na província e que ultimamente se mudara e se instalara em Petersburgo com a família. Ele conhecia Pseldonímov e tinha uma dívida de gratidão para com o pai dele. Guardara um pouco de dinheiro, claro que não muito, mas o tinha; quanto realmente, isso ninguém sabia, nem sua mulher, nem a filha mais velha, nem os parentes. Tinha duas filhas, e era um déspota terrível, um beberrão, um tirano doméstico e, acima de tudo, um homem doente, que consequentemente teve a ideia súbita de entregar uma das filhas a Pseldonímov:

– Eu conheço Pseldonímov, o pai dele era um homem de bem, e o filho será um homem de bem.

Mlekopitáiev fazia o que queria; seu pedido era uma ordem. Era um déspota muito estranho. Passava a maior parte do tempo sentado na poltrona, tendo sido privado do uso das pernas em função de alguma doença, o que, no entanto, não o impedia de beber vodca. Bebia e praguejava o dia todo. Era um homem mau, que precisava sempre e a todo custo atormentar alguém. Para isso, mantinha perto de si alguns parentes: sua irmã, doente e rabugenta; duas irmãs de sua mulher, também más e fofoqueiras; e sua tia velha, que em certa ocasião quebrara uma costela. Mantinha ainda outra parasita, uma alemã russificada, porque esta tinha talento para lhe contar as histórias das *As mil e uma noites*. Seu único prazer consistia em implicar com todas aquelas infelizes parasitas, xingá-las a todo e qualquer minuto, embora nenhuma, nem mesmo sua mulher, que nascera com uma doença dentária, ousasse retrucar. Colocava umas contra as outras, inventava e começava mexericos e discórdias entre elas e depois gargalhava e se regalava, vendo-as quase se dilacerarem. Ele se alegrou muito quando a filha mais velha, que durante dez anos levara uma vida miserável com certo oficial, seu marido, e que ao final enviuvou, transferiu-se para a casa dele com três pequenas crianças doentes. Não suportava os filhos dela, mas com seu aparecimento ampliara-se o material sobre o qual era possível realizar experimentos diários, de forma que o velho ficou muito satisfeito. Todo esse monte de mulheres maldosas e crianças doentes apertavam-se com seu torturador na casa de madeira na Peterbúrgskaia, passavam fome, pois o velho era sovina e o dinheiro era distribuído em copeques, embora ele não economizasse para a vodca; dormiam pouco, porque o velho sofria de insônia e exigia distração. Em suma, todos viviam nessa penúria e maldiziam o destino. É nessa época que Mlekopitáiev estava de olho em Pseldonímov. Fora fisgado pelo nariz longo e pelo aspecto humilde. A filhinha mais nova dele, mirrada e feia, acabara de fazer dezessete anos. Embora tivesse passado por uma *Schule** alemã, não havia aprendido quase nada mais que o bê-á-bá. Depois disso ela cresceu, magra e escrofulosa, sob a vara do pai aleijado e bêbado, em meio à algazarra da bisbilhotice doméstica, da espionagem e da calúnia. Não tinha amigas, nem inteligência. Há muito já queria se casar. Para as pessoas ela era muda, mas, em casa, ao lado dos maníacos e dos parasitas, era má e perfurante feito uma broca. Gostava especialmente de beliscar e distribuía socos aos filhos da irmã, denunciando-os por roubo de açúcar e pão, o que causava entre ela e a irmã mais velha uma disputa infinita e insaciável. O próprio velho a oferecera a Pseldonímov. No

---

* Escola em alemão. (N.T.)

entanto, mesmo vivendo na miséria, este pediu um pouco de tempo para pensar. Ele e a mãe, juntos, refletiram por muito tempo. A casa seria registrada no nome da noiva, e embora de madeira, embora de um andar só e abjeta, era um lugar que tinha algum valor. Além do mais, ainda levaria quatrocentos rublos – quando é que ele conseguiria juntar tamanha quantia?

– E por que é que estou aceitando um homem na minha casa? – gritava o tirano bêbado. – Em primeiro lugar, porque vocês todas são mulheres, e ter só mulher me aborrece. Eu quero que Pseldonímov dance conforme a minha música, porque eu serei seu benfeitor. Em segundo, porque eu vou fazer tudo o que não querem, tudo o que possa lhes deixar furiosas. E é só para contrariá-las que o farei. O que digo, tem de ser feito! E você, Porfirka, bata nela, quando ela for sua mulher; há sete demônios* empoleirados nela desde o nascimento. Expulse-os todos e para tal eu vou lhe arranjar uma vara...

Pseldonímov se calara, mas ele já decidira. Ele e a mãe foram recebidos na casa, ainda antes do casamento, com água, sabão, roupa e sapato e mais o dinheiro para o casamento. O velho os patrocinava, talvez precisamente porque toda a família os desprezava. Ele até apreciava a velha

---

* Referência ao trecho bíblico: "E algumas mulheres que haviam sido curadas de espíritos malignos e de enfermidades: Maria, chamada Madalena, da qual saíram sete demônios" (Lucas, 8:2). (N.T.)

Pseldonímova, portanto nem implicava com ela. Aliás, uma semana antes do casamento obrigou o próprio Pseldonímov a dançar a cossaca para ele.

– Ora, basta, eu queria apenas ver se não perde o controle na minha frente – disse ao final da dança. Ele dera apenas o dinheiro suficiente para o casamento e convidara todos os seus parentes e conhecidos. Do lado de Pseldonímov havia convidado apenas o colaborador da *Goloviéchka* e Akím Pietróvitch, o convidado de honra. Pseldonímov sabia muito bem que sua noiva tinha repugnância por ele e que ela preferiria mil vezes casar-se com um oficial do que com ele. Mas suportou tudo porque tinha um acordo com sua mãe. No casamento, durante todo o dia e durante toda a noite o velho praguejara palavras infames e andara na bebedeira. Por conta do casamento toda a família se instalara no aposento de trás, amontoados até ficar uma fedentina. Os aposentos de frente foram destinados ao baile e ao jantar. Enfim, quando o velho adormeceu, completamente bêbado, às onze horas da noite, a mãe da noiva, que naquele dia estava especialmente irritada com a mãe de Pseldonímov, decidira trocar a cólera pela candura e saiu do cômodo para o baile e para o jantar. O surgimento de Ivan Ilítch estremeceu tudo. Mlekopitáieva se desconcertara, se ofendera e começara a praguejar, porque não a avisaram de que o general havia sido convidado. Asseguraram-lhe de que ele chegara por conta própria, sem ser chamado, mas ela era tão tola que não queria acreditar. Era necessário champanhe. A mãe de Pseldonímov tinha só um rublo; Pseldonímov, nem um copeque. Era preciso curvar-se à velha e má Mlekopitáieva para lhe pedir dinheiro para uma garrafa, depois para outra. Falaram-lhe que isso poderia criar oportunidades futuras no serviço público, na carreira, chamaram-na à razão. Ela deu enfim o próprio dinheiro, mas fez Pseldonímov beber o cálice de fel e vinagre*, de modo que ele já repetidas vezes, correndo até o aposento onde estava preparado o leito nupcial, agarrava silenciosamente os próprios cabelos e atirava a cabeça contra a cama predestinada ao deleite paradisíaco, tremendo da cabeça aos pés de um ódio impotente. Não! Ivan Ilítch não sabia quanto custara as duas garrafas de Jacquesson bebidas por ele naquela noite. Tal era o horror, a tristeza e até o desespero de Pseldonímov quando o negócio com Ivan Ilítch acabou de modo tão inesperado. De novo haveria confusões e, talvez, uma noite toda de gritos agudos e lágrimas ilusórias da noiva, e as reprimendas da tola parentada dela. E sem isso sua cabeça já doía, sem isso a fumaça e as trevas toldavam-lhe os olhos. E agora era necessário ajudar Ivan Ilítch, era preciso procurar às três horas da manhã por um médico ou uma carruagem para transportá-lo até sua casa, e uma carruagem sem falta, porque era impossível mandar para casa um figurão como aquele e

---

* Trecho bíblico que se refere a Jesus Cristo: "E logo um deles correndo tomou uma esponja e embebeu-a em vinagre, e, pondo-a numa cana, dava-lhe de beber" (Mateus, 27:48). (N.T.)

em tal estado em um trenó alugado. E onde arranjaria dinheiro ao menos para a carruagem? Mlekopitáieva, enfurecida porque o general não falara nem meia palavra com ela e nem sequer a olhara durante o jantar, anunciou que não tinha nenhum copeque. Talvez não tivesse mesmo. Onde pegar? Que fazer? Sim, era uma situação de arrancar os cabelos.

***

Enquanto isso, Ivan Ilítch era provisoriamente carregado para o pequeno divã de couro, que ficava ali mesmo na sala de jantar. Enquanto arrumavam e separavam as mesas, Pseldonímov correu para todos os lados atrás de dinheiro, tentou até mesmo com a criadagem, mas ninguém tinha nada. Arriscou-se até a importunar Akím Pietróvitch, que se demorava a ir embora mais do que o restante. Mas este, ainda que fosse um bom homem, ao ouvir a palavra dinheiro, chegou a tamanha perplexidade e até a tamanho espanto que falou a tolice mais inesperada:

– Em outro momento, com prazer – resmungou ele –, mas agora... de verdade, me desculpe...

E, pegando o gorro, correu o mais rápido da casa. Apenas um único rapaz de bom coração, que contara sobre o livro dos sonhos, pôde ajudar, mesmo que sem querer. Ele também se demorara mais tempo do que os outros, tendo assim uma participação sincera na desgraça de Pseldonímov. Ao final, Pseldonímov, a mãe dele e o rapaz decidiram de comum acordo não buscar um médico, mas uma carruagem, e levar o enfermo para a casa, e enquanto isso, até a chegada da carruagem, experimentar nele alguns remédios caseiros, como: umedecer a testa e a cabeça com água gelada, colocar gelo no topo da cabeça etc. Disso a mãe de Pseldonímov já se encarregara. O rapaz voara para procurar uma carruagem. Como na Petersbúrgskaia a essa hora não havia nem mesmo trenós, ele foi atrás de um boleeiro em uma hospedaria distante e lá despertou os cocheiros. Eles começaram a pechinchar, falavam do fato de que conduzir uma carruagem àquela hora até cinco rublos era pouco. Concordaram, no entanto, por três. Mas quando, já se aproximando das cinco horas, o rapaz chegou à casa de Pseldonímov com a carruagem alugada, já haviam há muito mudado de ideia. Revelou-se que Ivan Ilítch, ainda desfalecido, começara a passar tão mal, gemera e agitara-se tanto que carregá-lo e transportá-lo para casa naquele estado se tornara de todo impossível e até arriscado.

– No que isso vai dar? – falou Pseldonímov, completamente desalentado. O que devia fazer? E uma nova pergunta surgiu: se era para manter o enfermo na casa, para onde então carregá-lo e onde colocá-lo? Em toda a casa havia apenas duas camas: uma imensa, de casal, na qual dormia o velho Mlekopitáiev com a esposa, e outra recém-comprada, com revestimento imitando nogueira, também de casal e destinada aos recém-casados.

Todos os outros moradores, ou, melhor dizendo, moradoras da casa, dormiam ao chão, amontoadas em colchões de penas em parte já deteriorados e malcheirosos, ou seja, inteiramente indecentes, mal havendo para elas a quantidade necessária. Onde então colocar o enfermo? Era possível ainda encontrar um colchão de penas; em último caso poderiam retirar alguém de lá, mas em cima do quê e onde fazer a cama? Revelou-se que era necessário fazer a cama na sala, pois era o aposento mais afastado do seio da família e tinha sua própria saída. Mas sobre o quê estender a cama? Sobre as cadeiras, será? É sabido que sobre cadeiras estendem-se camas aos ginasianos, quando chegam em casa no sábado de Aleluia, mas para um figurão como Ivan Ilítch isso seria muito irreverente. O que diria ele amanhã, vendo-se sobre algumas cadeiras? Pseldonímov é que não queria ouvir falar nisso. Restava apenas uma ideia: carregá-lo até o leito nupcial. Esse leito nupcial, como nós já contamos, fora instalado em um pequeno aposento, bem ao lado da sala de jantar. A cama era de casal, com colchão ainda não estreado, recém-comprado, roupa de cama branca, quatro travesseiros em *calicot* cor-de-rosa, com fronhas de musselina orladas com *ruche*. O cobertor era de cetim cor-de-rosa, com desenho pespontado. Do anel dourado acima da cama caíam cortinas de musselina. Em suma, era tudo como deveria ser, e quase todos os convidados que a avistaram elogiaram a decoração. Embora a noiva não suportasse

Pseldonímov, algumas vezes no decorrer da noite, e à socapa, passara lá para olhar. Ela ficou muito indignada e com muita raiva ao ficar sabendo que queriam transferir o enfermo, que aparentemente lembrava um doente de cólera, ao seu leito nupcial. A mãe da noiva tentara interceder em seu favor, xingando, prometendo na manhã seguinte queixar-se ao marido; mas Pseldonímov conseguiu o que queria: Ivan Ilítch foi transferido, enquanto estendiam a cama dos recém-casados sobre as cadeiras da sala de visitas. A jovem choramingava, queria beliscá-lo, mas não se atrevia a desobedecer: ela conhecia muito bem a vara de papácha* e sabia que na manhã seguinte sem falta ele exigiria um explicação detalhada. Para seu consolo o cobertor cor-de-rosa e os travesseiros com fronhas de musselina foram levados para a sala. Naquele minuto chegou o rapaz com a carruagem; percebendo que a carruagem já não era necessária, Pseldonímov ficou com um medo terrível. Viu-se obrigado a pagar por ela, e ele nunca tivera nem mesmo um *gríviennik.*** Pseldonímov declarou sua completa falência. Experimentaram persuadir o cocheiro. Mas este começou a fazer estardalhaço e até a bater nas venezianas. Não sei detalhes de como tudo terminou. Ouvi dizer que o rapaz foi levado na carruagem como prisioneiro até Pieski, ao número 4 da rua Rojdiéstvienski, onde contava despertar um estudante que

---

* Diminutivo de pai. (N.T.)
** *Gríviennik*: moeda de dez copeques. (N.T.)

pernoitara com conhecidos seus e pedir: será que ele não teria dinheiro? Já eram cinco horas da manhã quando os jovens recém-casados foram deixados a sós e a porta da sala foi trancada. Ao lado do leito do sofredor Ivan abandonara-se por toda a noite a mãe de Pseldonímov. Ela se acomodara ao chão, no tapetinho, e cobrira-se com um pequeno casaco de pele, mas não conseguia dormir, porque era obrigada a levantar-se a todo instante: no estômago de Ivan Ilítch acontecia um horrível desarranjo. Pseldonímova, uma mulher valente e generosa, o despiu ela mesmo, retirou-lhe toda a roupa, tomou conta dele como um pai cuida do filho, carregando do corredor à cama durante toda a noite a louça necessária. E, no entanto, as infelicidades daquela noite ainda estavam longe de terminar.

***

Mal haviam se passado dez minutos desde que os recém-casados haviam se trancado sozinhos na sala, como que num repente escutou-se um grito dilacerante, não um grito de prazer, mas com a mais maligna propriedade. Após o grito ouviu-se um ruído, um estalido, como cadeiras caindo, e num piscar de olhos irrompeu no aposento ainda sombrio um mulherio surpreendido e assustado, cada uma em seu *déshabillé**. Essas mulheres eram: a mãe e a irmã mais velha da noiva, tendo a irmã abandonado naquele momento seus

---

* *Déshabillé*: do francês, traje caseiro, roupão. (N.T.)

filhos doentes, e três de suas tias; inclusive a que tinha a costela quebrada se arrastou para lá com toda a dificuldade. Até a cozinheira estava lá. Correra para lá também até a parasita alemã contadora de histórias, de quem haviam tirado à força um colchão de penas para os noivos, o melhor da casa, e que constituía toda a sua propriedade. Todas essas veneráveis e perspicazes mulheres haviam se precipitado de mansinho do corredor até a cozinha, já às quatro horas, e escutavam atrás da porta no aposento da frente, devoradas pela mais inexplicável curiosidade. Alguém então acendeu uma velinha às pressas, e a todos se apresentou um espetáculo inesperado. As cadeiras, que não aguentavam o peso de duas pessoas e que sustentavam o largo colchão de penas apenas pelas beiradas, separaram-se, e o colchão de penas afundou-se entre elas até o chão. A jovem choramingava de raiva; desta vez ela estava mortalmente ofendida. Pseldonímov, moralmente dilacerado, estava como um criminoso apanhado em flagrante. Nem mesmo tentava se justificar. De todos os lados ressoavam ais e ganidos. Por conta do barulho a mãe de Pseldonímov correra até lá, mas desta vez a mãezinha da noiva é que triunfaria por completo. Primeiro cobriu Pseldonímov de estranhas e na maior parte injustas recriminações: "Que tipo de marido, paizinho, você será depois disso? Você vai servir para quê, paizinho, após esta vergonha?", etc., e, enfim, pegando a filha pela mão, arrancou-a do marido, tomando para si a responsabilidade de na manhã seguinte ficar frente a frente com o pai ameaçador, que exigiria explicações. Todas as outras mulheres retiraram-se depois da noiva, manifestando seus "ais" e balançando a cabeça sem parar. Com Pseldonímov permanecia apenas a mãe dele, que tentava consolá-lo. Mas ele a afastou rapidamente de si.

Não estava para consolos. Alcançou o divã e sentou-se, na mais sombria reflexão, tal como estava, descalço e apenas com a roupa de baixo. Os pensamentos cruzavam e emaranhavam-se em sua cabeça. Por vezes, como que maquinalmente, ele lançava um olhar ao redor do aposento, onde ainda há pouco se endiabravam os dançarinos e por cujo ar pairava fumaça de cigarro. As pontas de cigarros e os papeizinhos de confeitos ainda enchiam o chão inundado e emporcalhado. Os escombros do leito nupcial e as cadeiras tombadas certificavam a natureza mortal das melhores e mais justas esperanças e sonhos terrenos. Deste modo ele passou sentado por quase uma hora. Pensamentos pesados vinham-lhe à mente o tempo todo, como por exemplo: agora o que lhe esperava no serviço público? Ele refletia de forma penosa que era preciso trocar de posto custasse o que custasse, pois permanecer no antigo seria impossível, em consequência do que acontecera naquela noite. Veio-lhe à mente Mlekopitáiev, que, talvez, no dia seguinte o obrigaria novamente a dançar a cossaca para provar sua submissão. Compreendeu que embora Mlekopitáiev tivesse dado cinquenta rublos no dia do casamento, dos quais não restara nem um só copeque, ainda não cogitava dar os quatrocentos rublos do dote e até nem falava sobre isso. E ainda não fora feito um registro formal completo nem mesmo para a casa. Ele refletiu ainda sobre sua mulher, que o abandonara no minuto mais crítico de sua vida, sobre o alto oficial, que se pusera sobre um joelho frente a ela. Isso tudo ele já conseguia perceber; pensava sobre os sete demônios, que se empoleiravam dentro de sua mulher, segundo seu próprio pai, e sobre a vara, pronta para expulsá-los... É claro, ele se sentia forte o suficiente para carregar o fardo, mas o destino deixava aproximarem-se, enfim, tais surpresas, que talvez ao fim e ao cabo pusessem em dúvida suas forças.

Assim se afligia Pseldonímov. Enquanto isso o toco de vela extinguia-se. A luz que emanava dele, que cobria o perfil de Pseldonímov, o projetava em uma imagem colossal na parede, com a face esticada, o nariz adunco e o cabelo em dois tufos que se sobressaíam na testa e no topo da cabeça. Enfim, quando já soprava o frescor matinal, ele se levantou, enervado e emudecido espiritualmente, alcançou o colchão de penas, que jazia entre as cadeiras, e, sem nada consertar, sem sequer apagar o toco de vela, sem nem mesmo pôr debaixo da cabeça um travesseiro, engatinhou para o leito e caiu num sono mortal, de chumbo, como talvez durmam os condenados à execução na manhã seguinte.

***

Por outro lado, o que poderia comparar-se com aquela noite dolorosa que levou Ivan Ilítch Pralínski ao leito nupcial do infeliz Pseldonímov?! Por algum tempo a dor de cabeça, os vômitos e outros dos mais desagradáveis sinais não o abandonaram nem por um minuto. Eram suplícios infernais. A consciência, apesar de mal passar por sua cabeça, iluminava tais abismos de horror, tais quadros sombrios e detestáveis que era melhor ele nem recobrar os sentidos. Aliás, tudo ainda se embaralhava em sua cabeça. Ele reconhecia, por exemplo, a mãe de Pseldonímov, escutava-a em uma exortação complacente:

– Aguente, meu caro, aguente, paizinho, dor passada, dor esquecida!

Ele a reconhecera, mas, no entanto, não podia dar a si qualquer explicação lógica para sua presença ao seu lado. Fantasmas abomináveis se lhe apresentavam: deles surgiam-lhe com frequência Simión Ivánitch, mas, ao olhar atentamente, ele percebia que aquele não era em absoluto Simión Ivánitch, mas o nariz de Pseldonímov. Aparecia-lhe momentaneamente à frente o livre artista, o oficial, a velha com a atadura em volta do rosto. De tudo, o que mais lhe preocupava era o anel dourado, que pendia sobre sua cabeça, no qual as cortinas estavam enfiadas. Ele o distinguiu claramente por conta da luz opaca do toco de vela, que iluminava o aposento, e procurava entender tudo mentalmente: para que serve este anel, por que ele está aqui, o que significa isso? Perguntou algumas vezes sobre isso para a velha, mas é provável que não tenha falado aquilo que queria pronunciar, e ela evidentemente não compreendia nada, por mais que ele procurasse explicar. Enfim, já pela manhã, os ataques cessaram, e ele adormeceu, adormeceu profundamente, sem sonhos. Passou dormindo cerca de uma hora e, quando despertou, já estava quase em plena consciência, sentindo uma insuportável dor de cabeça e na boca, na língua, que se convertera em uma espécie de pedaço de feltro, o gosto mais infame. Soergueu-se na cama, olhou em volta e refletiu. Uma luz pálida do dia que se iniciava, que penetrava por entre as frestas de pequenas listras estreitas da veneziana, estremecia na parede. Era perto das sete horas da manhã. Mas quando Ivan Ilítch repentinamente compreendeu e recordou tudo o que lhe acontecera à noite anterior; quando recordou todos os incidentes durante o jantar, seu grande feito frustrado, seu discurso à mesa; quando se lhe apresentou a razão, com toda a clareza terrível, que poderia advir disso então, tudo que falariam agora sobre ele e tudo que pensariam; quando olhou em volta e avistou, enfim, a que tipo de situação triste e medonha conduzira o pacífico leito nupcial de seu subordinado – oh, uma vergonha tão mortal, tantos tormentos saíram de repente de seu coração que ele gritou, escondeu o rosto nas mãos e em desespero atirou-se sobre o travesseiro. Depois de um minuto saltou da cama, de imediato avistou na cadeira suas roupas, dobradas de modo adequado e já limpas, agarrou-as e começou a vesti-las o mais depressa possível, precipitando-se, olhando ao redor e receando terrivelmente por algo. Ali mesmo, do outro lado da cadeira, jaziam seu casaco de pele e seu gorro, e as luvas amarelas dentro do gorro. Ele quis esgueirar-se em silêncio. Mas de repente abriu-se uma porta, e por ela entrou a velha Pseldonímova com uma bacia de barro e um lavatório. No seu ombro pendia uma toalha. Ela colocou o lavatório ao chão e sem delongas declarou que ele precisava lavar-se sem falta.

– Vamos então, paizinho, não vá embora daqui sem se lavar...

E neste instante Ivan Ilítch reconheceu que se havia no mundo um único ser de quem agora não se envergonharia e a quem não temeria seria precisamente aquela velha. Ele se lavou. E por muito tempo depois, em momentos penosos de sua vida, recordou-se, com remorso, de todo o cenário daquele despertar, e daquela bacia de barro com o lavatório de faiança preenchido com água gelada no qual ainda nadavam pedacinhos de gelo, e do sabonete, envolto num papelzinho cor-de-rosa, de formato oval, com algumas letras gravadas nele: o preço de quinze copeques, provavelmente comprado para os noivos, mas o qual Ivan Ilítch seria o primeiro a usar; e da velha com uma toalha de damasco sobre o ombro esquerdo. A água gelada o refrescou, ele se enxugou e, sem dar uma só palavra, sem nem mesmo agradecer a sua irmã de caridade, apanhou o gorro, jogou nas costas o casaco de pele que lhe fora entregue por Pseldonímova e atravessando o corredor, atravessando a cozinha, na qual já miava um gato e onde a cozinheira se soerguia de sua esteira e com ávida curiosidade olhava para ele, correu do portão para a rua e atirou-se a um cocheiro que passava. A manhã estava fria, uma gelada nuvem amarelada cobria ainda a casa e todos os objetos. Ivan Ilítch levantou a gola. Achava que todos olhavam para ele, que todos sabiam, que todos o reconheciam...

***

Por oito dias ele não saiu de casa e não apareceu no trabalho. Estava doente, muito doente, mas mais moral do que fisicamente. Nesses oito dias sobreviveu ao inferno e talvez com isso ganhasse alguns pontos lá no além. Havia minutos em que pensava em se tornar um monge. É verdade, havia. Sua imaginação corria particularmente livre nessas ocasiões. Divisava um silencioso cepo subterrâneo, um caixão aberto, a existência em uma cela, florestas e cavernas solitárias; mas, despertando, quase que de imediato recobrava a consciência e decidia que tudo aquilo era um absurdo e o exagero mais horrível, e se envergonhava de tal absurdo. Depois começavam os ataques morais, que tinham a ver com sua *existence manquée*. Depois a vergonha novamente inflamava-se em sua alma, apoderando-se dela de uma vez por todas, e tudo se reduzia a cinzas, as coisas levadas ao extremo. Ele estremecia, imaginando no íntimo vários cenários. O que dirão dele, o que pensarão, como entrará no escritório, que tipo de cochicho o perseguirá por um ano inteiro, dez anos, a vida toda. Sua anedota alcançará a posteridade. Desembocava às vezes em tal pusilanimidade que se sentia disposto a ir até a casa de Simión Ivánitch para implorar-lhe perdão e amizade. Nem ele próprio era capaz de se justificar, reprovava a si definitivamente: não encontrava justificativas para si e envergonhava-se delas.

Pensava também em pedir demissão sem falta e assim, simplesmente, na solidão, devotar-se à felicidade dos homens. De qualquer forma, era preciso a qualquer custo trocar de amigos e conhecidos e para isso extirpar qualquer lembrança sobre si mesmo. Depois lhe surgiam pensamentos de que aquilo era um absurdo e que, reforçando a severidade para com os subordinados, tudo ainda poderia ser consertado. Então começava a ter esperanças e a se animar. Enfim, ao cabo de oito dias inteiros de dúvida e tormento, sentiu que não podia mais carregar a incerteza, e *un beau matin** resolveu dirigir-se ao escritório.

Antes, ainda em casa, melancólico, imaginara mil vezes como entraria em seu escritório. Convencia-se com horror de que ouvia pelas costas cochichos ambíguos, avistava rostos ambíguos, colhendo os mais perniciosos sorrisos. Qual não

---

* Do francês, em uma bela manhã. (N.T.)

foi sua surpresa quando nada disso aconteceu. Foi recebido de forma respeitosa; curvaram-se a ele; todos estavam sérios; todos estavam ocupados. A alegria preencheu seu coração quando se introduziu em seu gabinete.

Imediatamente ocupou-se dos negócios da maneira mais séria possível, escutou alguns informes e explicações, tomou decisões. Sentia que nunca antes raciocinara ou decidira de modo tão sensato, tão pragmático como naquela manhã. Percebia que todos estavam satisfeitos com ele, que o reverenciavam, que o tratavam com respeito. Não se percebia a menor desconfiança. Tudo caminhava de modo esplendoroso.

Enfim apareceu Akím Pietróvitch com alguns papéis. Quando ele surgiu, Ivan Ilítch sentiu uma pontada no coração, mas uma pontada apenas momentânea. Ocupou-se de Akím Pietróvitch, explicou-lhe tudo com ares de importância, assinalou-lhe de que forma proceder e deu-lhe explicações. Notou apenas que evitava olhar por muito tempo para Akím Pietróvitch ou, melhor dizendo, que Akím Pietróvitch temia olhar para ele. Mas então Akím Pietróvitch terminou e pôs-se a reunir os papéis.

– E ainda há uma solicitação – começou ele o mais ríspido que pôde –, sobre a transferência do funcionário público Pseldonímov para o departamento... Sua Excelência Simión Ivánovitch Chipuliénko prometeu-lhe um posto. Pede a sua benevolente colaboração, Vossa Excelência.

— Então ele será transferido — disse Ivan Ilítch, sentindo que um peso enorme desaparecia de seu coração. Olhou para Akím Pietróvitch e neste instante seus olhares se encontraram.

— Que assim seja, de minha parte... eu o farei — respondia Ivan Ilítch —, estou de acordo.

Akím Pietróvitch de modo evidente queria dar no pé o mais rápido possível. Mas de repente Ivan Ilítch, num ímpeto de grandeza, decidiu manifestar-se definitivamente. Decerto encontrara de novo a inspiração.

— Transmita a ele — começou, dirigindo a Akím Pietróvitch um olhar claro e repleto de um profundo sentido. — Transmita a Pseldonímov que não lhe desejo mal; não, não desejo!... Que, pelo contrário, estou disposto a esquecer tudo o que se passou, esquecer tudo, tudo...

Mas, de repente, Ivan Ilítch interrompeu-se, olhando com assombro para o estranho comportamento de Akím Pietróvitch, que, de um homem sensato, não se sabe por que pareceu subitamente o mais terrível imbecil. Em vez de escutar até o fim, ele de repente enrubesceu até o limite da estupidez, desatou precipitada e até indecorosamente a se curvar em pequenas mesuras e enquanto isso ia recuando até a porta. Todo seu aspecto expressava um desejo de afundar-se debaixo da terra ou, melhor dizendo, voltar o mais rápido possível à sua mesa. Ao ficar só, Ivan Ilítch levantou-se da cadeira, desconcertado. Olhou para o espelho e não notou o próprio rosto.

– Não. Severidade, apenas a severidade e a severidade! – murmurou quase inconscientemente para si mesmo, e de súbito um vivo rubor banhou todo seu rosto. De repente começou a se sentir tão envergonhado, tão angustiado como não acontecera nos minutos mais intoleráveis de seus oito dias de doença.

– Não suportei! – disse para si mesmo e, impotente, deixou-se cair na cadeira.

COLEÇÃO 96 PÁGINAS

Uma anedota infame – Fiódor Dostoiévski

A bíblia do caos – Millôr Fernandes

O caso da criada perfeita e outras histórias – Agatha Christie

O clube das terças-feiras e outras histórias – Agatha Christie

O curioso caso de Benjamin Button – F. Scott Fitzgerald

200 fábulas de Esopo

O método de interpretação dos sonhos – Sigmund Freud

A mulher mais linda da cidade e outras histórias – Charles Bukowski

Morte por afogamento e outras histórias – Agatha Christie

Por que sou tão sábio – Nietzsche

Sobre a leitura seguido do depoimento de Céleste Albaret – Marcel Proust

Sobre a mentira – Platão

Sonetos de amor e desamor – Ivan Pinheiro Machado (org.)

O último dia de um condenado – Victor Hugo